狼與天使

潘壘 著

總序

無擾為靜，單純最美

宋政坤

記得三十年前大二那年暑假，我一個人待在陽明山，窩在學校附近的宿舍裏——避暑、看書、打球，日子過得好不愜意。那時候我瘋狂的迷上讀小說，其中最喜歡且印象最深刻的就是潘壘寫的《魔鬼樹——孽子三部曲》、《靜靜的紅河》（以上皆聯經出版）。那年暑假我糾結在潘壘筆下小說人物的內心世界裏，山與海彷彿都充滿著熱與火，劇情結構好像電影，有鏡頭、有風景，愛恨糾纏，直叫人熱血澎湃。那是我年輕時代裏最美好的一個暑假，此後就再也沒有過。總覺得那年暑假帶走我少年時最後一個夏季！那段山上讀書無憂無慮的日子，在我記憶裏總是如此深刻。

之後幾年，我一直很納悶，像潘壘這樣一位優秀的小說家，怎麼會突然就銷聲匿跡似的，再也不見蹤影？難道他已經江郎才盡？或者他早已「棄文從影」？又或者是重返故鄉，至此消逝於天涯？我抱持這樣的疑惑，直到真正遇見他本人。

那是十年前（二〇〇四年）某天下午，《野風雜誌》創辦人師範先生，很意外地帶著一位看起來精神矍鑠的長輩造訪秀威公司。當他們突然出現在辦公室時，我一時還真有點手無足措，當時我正和幾位同仁開會，小小的辦公室擠不下更多的人，開會的同仁們見狀一哄而散。我一得知坐在師範身旁的就是作家潘壘時，當下真是驚訝到說不出話來，不是矯情，真正是恍然如夢。因為有太多年了，我幾乎再也沒有聽過潘壘的消息；就像已經有太多年了，我幾乎忘掉那一個青春的盛夏！

我們好像連客套的問候都還沒開始，潘壘先生就急著問我是否有可能重新出版他的作品，而且如果能夠的話，他想出版一整套完整的作品全集。我當時才確認，潘壘八○年代以後再也沒有新作問世。他突然丟出這個難題，我一時竟答不出話來，想到這套作品至少有上百萬字，全部需要重新打字、編校、排版、設計，這無疑將會是一筆龐大的支出，以當時公司草創初期的困窘，我實在沒有太多勇氣敢答應。對於這麼一位曾經在我年輕時十分推崇而著迷的作家，竟是在這樣一個場合下碰面，我實在感到十分難堪。在無力承諾完成託付的當下，我偷偷地瞥他一眼，見他流露出一抹失落的眼神，老實說，我心情非常難過，甚至於有一種羞愧的感覺。這件事、這種遺憾，我很少跟別人說，卻始終一直放在心上，直到去年。

去年，在一次很偶然的機會裏，我得知國家電影資料館即將出版《不枉此生——潘壘回憶錄》（左桂芳編著），秀威公司很榮幸能夠從中協助，在過程中我告訴編輯，希望能夠主動告知潘壘先生，秀威願意替他完成當年未竟的夢想，這次一定會克服困難，不計代價，全力完成《潘壘全集》的重新出版。對我來說，多年的遺憾終能放下，心中真有一股說不出來的喜悅。作為一個曾經熱愛文藝的青年，已屆中年後卻仍有機會為自己敬愛的作家做一些事，這真是一種榮耀，我衷心感謝這樣的機會，這就像是年輕時聽過的優美歌曲，讓它重新有機會在另一個年輕的山谷中幽幽響起，那不正是我們對這個世界的傳承與愛嗎？

最後，我要感謝《潘壘全集》的催生者師範先生，感謝他不斷給予我這後生晚輩的鼓勵與提攜；同時也要感謝《文訊雜誌》社長封德屏女士，感謝她為我們這個時代的文學記憶保存許多珍貴的資料；當然，本全集的執行編輯林泰宏先生，在潘壘生活的安養院裏花了許多時間跟他老人家面對面訪談，多次往返奔波，詳細紀錄溝通，在此一併致謝。

無擾為靜，單純最美。當繁華落盡，我們要珍惜那個沒有虛華、沒有吹捧，最純粹也最靜美的心靈角落。當潘壘的生命來到一個不再被庸俗干擾的安靜之境，當他的作品只緩緩沉澱在讀者單純閱讀的喜悅中，我想，一個不會被忘記的靈魂，無論他的身分是「作家」，或是「導演」，都將永遠活在人們的心中。

謹以此再次向潘壘先生致敬！

二〇一四年八月一日

狼與天使　8

目次

一

天還沒有完全透亮，晨霧已經將台灣中部這個早春的、灰暗而沉寂的原野瀰漫起來了；風雖然不大，卻挾有深濃的寒意，預示著今天是一個晴朗的好日子。

遠處，一列裝載沉重的貨車在緩緩地行駛過來。它喘息著，車頭的煙囪冒起一陣陣火光，那些還在燃燒的煤屑就像節日點放的焰火，從那隻黑孔中噴射出來，向後飛散。當它吃力地爬上陡坡地，便開始增加它的速率，向前面那一片迷濛的原野奔馳過去……。

在列車中段的一節車廂裏面，黑暗、窒悶、充塞著一種貨倉中特有的霉臭氣息。

『黑鼠』陳添貴和『野狼』洪俊蜷藏在那些雜亂的貨物空隙裏。他們是剛從監獄裏釋放出來的囚犯。在未進監獄之前，『黑鼠』，是基隆碼頭上一個了不起的人物，他有鼠類的機警奸詐和鼠類的形貌——

但，現在的陳添貴卻不是一頭黑鼠了，由於少接觸陽光，他的皮膚泛著一種不健康的臘黃色，而最顯著的不同的地方，卻是他的神態：六年的囚禁，他老了，雖然他還不足三十歲。他的眼睛已經沒有以前那麼靈活，而且可以說是黯淡而遲鈍的，像隨時可以發生什麼不幸事故似的，它們老是現出一種疑慮的神色。而坐在他對面的同伴卻和他截然不同；洪俊七年前是一頭『台中之狼』，而且是一頭貪婪、暴躁的狼。他是一個身體魁梧的漢子，但他的相貌卻從粗獷中顯出一點溫柔：洪厚的頭髮和眉毛，狼一樣深沉凶殘的眼，闊大而柔軟的嘴唇，幾乎連雙顴上都長滿了鬍髭。總之，他是一個典型的完全成熟了的『男人』，是某些女人見而瘋狂的那種男人。

現在洪俊直直地伸開他的兩腿，擱在車廂的骨架上，同時蠕動著身體，找一個更舒適的位置；他那雙像惡狼一樣閃著兇光的眼睛，始終在黑暗中注視這個畏怯的同伴。他奇怪，在監獄裏的時候——就說在兩天之前吧，『黑鼠』還不是這樣的，什麼改變了他呢？他害怕些什麼呢？他們現在都自由了！難道說……。

他愈想愈困惑，於是索性眼睛閉起來，開始回憶七年前的那些日子：他還非常清晰地記得，他的愛人的臉，可愛的笑靨……。

可是，飢餓不斷地騷擾著他，他漸漸感到不耐煩了。他霍坐起來，嚇了正陷在憂慮中『黑鼠』一跳。

「大哥，你要幹什麼？」陳添貴低促地問。

洪俊不去理睬他。借著拉門兩邊漏進的微光，他自管自地爬到那些貨物上去，開始用手去摸拆那些草包和蔴袋，希望能找到一些食物。

『黑鼠』要想勸阻他，但，沒有說出口。他知道在『野狼』行動之後勸阻他是沒有用的。他頹坐著，手裏緊捏著那張台北站的月台票。這種非法的乘車方式，從上車的時候起，他就感到害怕，尤其是現在眼看著『野狼』這種毫無忌憚的情形，他幾乎顫抖起來。

『大概是因為冷吧？』他望著自己在顫抖的手，心裏有一種奇異的感覺。以前，即使是白刀子進紅刀子出，他的手也沒有顫抖過，而現在——他下意識地揉揉自己的手指，放在嘴上呵氣。

「剛才車子慢下來的時候，我就應該跳車的！」他悔恨地說。

『野狼』扭轉頭，狠狠地盯了他一眼。

「誰拖住你！」洪俊粗暴地吼道：「我並沒有強迫你和我一起走呀！」

「我，我知道……。」『黑鼠』慚恧地低下頭。

『野狼』惡毒地詛咒著，繼續在貨物堆中找尋他所要找的東西，但，他終於絕望了。

「媽的！我從來沒有碰到過這樣壞的運氣，連一點吃的都沒有！」他在原來的位置上坐下來，抖抖手上那一把從一隻包裹裏抽出來的襪子。「一起來，咱們穿吧！」

陳添貴腳上雖然沒有穿襪子，但，他卻對洪俊丟過來給他的那雙質料很好的襪子不感興趣。

他不敢去望它們，彷彿只要望它們一眼，便要分擔洪俊所犯的罪似的。

「怎麼！」洪俊停下手，不解地問：「你不要？」

「……」陳添貴抬起頭，困難地說：「大哥，我們監牢還沒坐夠嗎？」

「什麼意思？」

「監牢我坐怕了！」『黑鼠』痛苦而坦率地解釋：「我現在才知道什麼是『怕』，

我，我要重新做人！我不願再回到監獄去！」

『野狼』發狂地笑起來。

「重新做人？」他抑制住笑聲，認真地嚷道：「壞人永遠是壞人，就算你真的學好了，別人也不會相信你！這樣倒不如壞到底，乾脆點！」

「大哥，還是我在裏面的那句話，」陳添貴懇切地說：「你和我一起到台南吧！我姐夫已經來信歡迎我們去，我們可以在他的印刷廠裏工作，我們現在不是已經是有手藝的技術工人了嗎？」

「技術工人！沒出息的東西！」洪俊不快活地詛咒，繼續穿他的襪子。「做好人？做夢！」

「大哥！」

「滾你的吧！我還是做我的壞人！」

「你，你一定要回台中？」『黑鼠』怯怯地問。

『野狼』凜然地揚起頭，堅決地說：

「男子漢大丈夫，在那裏倒下去；就要在那裏重新爬起來！」

接著是一段難堪的沉默。

列車在一個小站停下來，讓那北上的夜快車過去。一個站員提著電石燈，依次檢查著車廂……

他們在車廂內，屏息著。當那一線強烈的電石燈從拉門的縫隙透進車廂，緩緩地在貨物上移動，然後完全失去時，洪俊發覺陳添貴驚惶的眼色，他心中有說不出的鄙夷和憎厭。

外面那個站員的腳步走過去了，電石燈光開始從另一邊縫照進來。再過一兩分鐘，列車開始蠕動，繼續向前進發。

列車離了站，但速率仍然十分緩慢。『野狼』驀然站起來，過去推開車廂的鐵門。外面，夜的輪廓已經在那種半透明的晨霧中顯露出來了，冷風使他打了一個寒噤。

「快點過來！」他命令著困惑地望著他的『黑鼠』：「車子再快你就不能跳了！」

『黑鼠』猶豫地向他走過去。

他痛恨地皺著眉，從衣袋裏將僅有的二十元掏出來，塞給這個瘦小的朋友。

「拿去，沒有出息的東西！」他厭惡地說：「下車買一張票到台南吧！」

「那，那麼你——你呢？」陳添貴接住錢，訥訥地問。

「少廢話！我還要你擔心呢！」洪俊輕蔑地哼了一下：「我有生以來就沒買過車票，跳下去吧！」

陳添貴還要說些什麼，但洪俊已經將他推下車去。由於車子的速度很慢，所以他只踉踉地跑了幾步便站穩了。他激動地揮著手，追著火車跑。

「大哥！到台南來吧！」他叫著：「我，我等你！」

洪俊笑笑，直至看不見陳添貴，他才重新將鐵門拉起來。突然，他有點孤獨落寞的感覺。

「他會變成一個好人的！」他在心裏一味地重複道：「他一定會的！但是我絕對不會！」當這列貨車緩緩地駛入台中車站的時候，『野狼』熟練地跳下車。然後沿著鐵道向前走，再從柵欄盡頭一個傾倒垃圾的洞口鑽出車站外面去。

二

儘管『野狼』無心瀏覽晨街的景色，但，他仍然不時在那些新起的建築物前面停下腳步。七年，台中變了，變得既熟悉而又陌生。他有點茫然地在那些路面微濕而空寂的街道上走著；他用一種好奇的眼光打量著緊閉著大門的店鋪，他唸著那些店鋪的名字，然後否定它，再將自己記憶中的名字唸出來。他走著，在街角上又停下來，竊聽那幾個三輪車伕的講話，而幾個上早學的國民學校的小學生又將他的注意力吸引了過去。

『嘿！都穿著膠鞋呢？』他困惑地向自己說。

於是，他開始認真地覺察著每一件細微的事物，他開始對所有的變動發生一種受威脅的厭惡的感覺，因為這些事物使他不安。他太陌生了，太不熟悉它們了！

「他們還記得我『野狼』嗎？」他嚴重地問著自己。但他馬上又為自己作答。

「他們當然不會記得你的！」他冷冷地自語說：「他們憑什麼要記著你不可呢？七年了，以前的老傢伙們也許都退休了，毛頭小伙們都長大了……？」

其實，他目前並不真正關心這件事，他有這份自信，即使是一百年之後，台中也應該是他——『野狼』的；誰也搶不去！現在，他急切要想知道的，卻是他的愛人的下落。

他永遠記得：她長得那麼端莊秀麗，一點也不像是個風塵中打滾的好人；他愛她，就像每一次生死決鬥時他怎樣愛他自己，那天晚上——當時的情形他永遠不會忘記的！他剛從一個該死的地方出來，正懷著滿足而激動的心情回他的『家』去；他的手在衣袋裏緊捏著那一串貴重的珠鍊，這是他在一小時前在一場不名譽的搏鬥（因為對方是一個上了年紀的好人）中獲得的，他的臉被那個好人抓破了，他得意地笑著，他幾乎能夠想像得到：當他回到了『家』，當他和她對坐在飯桌前吃那頓在他的一生中最有意義的晚飯，然後，當他將這串珠鍊掛在她的頸項上，作為簡單的婚禮的飾物時……。

四個像牛一樣壯健的警探在那條巷口挾住他，將一副發亮的手銬套在他的腕上。當他明白這是怎麼一回事，他發狂地掙扎、咆哮。但他的腹部突然感到一陣酸麻，於是，外面街道上的燈光熄滅了，耳鼓裏充滿了驟然而起的囂鬧聲，他感到左臉被一塊濕澀而堅硬的什麼壓著……。

以後這七年中，他時常在想：那天晚上當她聽到他失手被捕的消息時，她會怎樣？怎麼她始終杳無音訊？他覺得：他在獄中時，她應該來探望他，除非她也被捕了，或者她已經變心而捨棄他。

但，他只允許自己相信前面那個想法。

「只要找到銀鳳，就知道是怎麼一回事了！」他對自己說，然後穿入一條小巷，向前走去。五分鐘之後，他已經站在「鳳凰公共食堂」的門前。這是一條狹窄而骯髒的街道，有兩個清道伕在打掃著隔夜的垃圾；只有那家小理髮店的店門是關著的，那個小學徒睡眼惺忪地蹲在地上搧著煤爐，濃濃的煤煙充溢著那一條黑暗的紅磚走廊。

洪俊打量著那一幅鐵皮的店招。

「鳳凰！」他摸摸下巴，然後補充一句：「一定錯不了！」

於是他過去，舉起他那被打傷的舉動有點不便的右手，去叩那緊閉的店門。但，他的手隨即又放了下來。門板兩邊那嵌在牆上的長鏡子反映出他這近乎狼狽的容貌，他不自覺地摸摸臉上的鬍髭和散亂的頭髮，他睜睜地注視著鏡中的自己，半晌，他窺見了始終被自己所忽略的變化。當然，身上這套粗劣而骯髒的衣服是引起他這種發現的原因，但，使他吃驚的卻是神態。雖然他只有卅四歲，可是他覺得自己蒼老得可怕：乾皺的皮膚，疲倦的神色，而那雙眼睛裏面……。

他逃避開那個不幸的思想，驟然扭轉身，離開這個地方，匆匆地向前面那條迷濛著晨霧的小街走過去。

「我不能讓銀鳳看見我這副狼狽相！」他對自己說：「尤其是那些兄弟們——對！要重整旗鼓，就得像要重整旗鼓的樣！」

他的腳步漸漸緩下來。他不知道自己要到那兒去？去做什麼？但，在他這經過七年囚困的心靈中，卻發出一絲微弱而銳敏的情感，接觸到眼前的景物。

他喃喃地說，帶著淡淡的輕喟：

「今天真是一個美麗的日子啊！」

三

「唔，我敢打賭今天一定是個大晴天！」王先生站在公家配給的『平』字號小型日式住宅的木格窗前，一邊扣著衣鈕，一邊向隔著一扇紙門的廚房內的妻子說：

「中午又得熱死人了！」

王太太像是窺透了他的心思，隨即半呵責地接著說：

「熱了你不可以再把它脫下來嗎？這總比回來鬧傷風好過點吧！」

王先生沒再說話，王太太知道他已經將那件她手織的雙線毛衣穿起來了，於是她展開一片像春風一樣溫暖的微笑，繼續做她的早餐。但平底鍋裏的油起了一陣白煙，她才發覺蛋罐裏空了。

這種疏忽幾乎是絕無僅有的，她的細心和異乎尋常的記憶力，使她將家裏的一切家務處理得像一本完全無誤的賬簿，井井有條。可是，她發現自己近日來有點反常，心裏老是惦念著一些什麼，但又找不到原因。開始的時候，她幾乎以為自己有孕了，後來又替自己找到另一個理由：晚上睡不舒暢的緣故。

「為什麼會連著做這麼多惡夢呢？」她煩亂地問自己。突然，一個奇怪的思想觸到了她的心事……。

鍋已被燒，一些水份在油煙裏爆響著。

「小燕！」她醒覺拿下油鍋，然後向屋子裏叫道。

「妳叫她有什麼事，太太？」王先生在廚房門口應著，隨即故作神秘地壓下聲音：

「有事讓我來！我們的小壽星今天得讓她休息一天！」

丈夫這種滑稽的神態使她笑了。她注視著他的臉：微胖，戴著高度的近視眼鏡，合意的嘴——她時常有這種感覺，她望著他，就像那年遇見他時那麼陌生，不過，這種陌生並不使她覺得不自然，相反的，她感到安全而親切。這些年來，她就在這種真純而靦腆的愛中生活過來的；她愛他，感激他，同時尊敬他，雖然在年紀上他比她大得多，足足大廿歲，他已經是一個四十八歲的中年人了。

「她在幹什麼？」她問。

「在穿妳送她的那套跳舞衣服吶！」他低聲回答。

「你打算送什麼生日禮物給她？」

「她不是一直想要一隻洋娃娃嗎？我早幾天就看好了，有這麼大，」他比著手勢：「剛好買得起！剩下一點錢我再帶一個小生日蛋糕回來……。」

「別忘了向店裏要七支小蠟燭，」她截住他的話；「小蠟燭是免費奉送的！」

「妳以為我不懂？」他老實地說：「吹蠟燭吃蛋糕這種規矩我在電影上也看見過的——哦，時間不早了，妳究竟要拿什麼？」

「到雞檻去收收昨天的蛋。」

王先生剛轉身，小燕就像一隻輕盈活潑的小燕子似的，從客廳裏飛進這間只有三席大小的飯廳裏來。

「爸！你看！」她攔住父親，作態地平伸著手，踮著腳跟，用碎步轉了一個圈。

「不錯，真漂亮！」他慈愛地讚美道：「只可惜少了一隻門牙！」

小燕撒嬌地將頭埋到父親的身上，抱怨他那揶揄。最後，她有點不服地望著他說：

「媽說以後它還會長出來的！」

「當然！」王先生認真地回答：「除非妳不再偷糖吃！」

王太太在廚房催促了。

「去，」他說：「去給媽媽看看，我要到院子裏拿雞蛋。」

「雞蛋？」小燕急急地捉住父親的手。「爸，不要拿我的！」

「妳的什麼？」

「雞蛋嘛！」她解釋道：「我藏了九個，媽不知道，我要給『白阿姨』孵一窩小雞！」

他答應了她。等到女兒快活地走入廚房向母親炫耀這套淡紫色紗質舞衣時，王先生才從前門走出園子，在竹籬邊，他故意在那隻被叫做『白阿姨』的來亨雞檻裏看看那幾隻雞蛋。

「奇怪，」王先生自言自語地說：「她一定藏了不少時候了，要不然玉薇一定會知道。」

這頓早餐，比往常遲了十五分鐘；王先生不用看小袋裏的掛錶，就算得分秒不差。

他本身就和一具最好的時鐘一樣——一樣的勤謹，一樣的準確。它雖然刻板，但並不單調，這具『時鐘』，也會響著悅耳的聲音，而那個時候，鏡上那隻小窗戶便會打開，有兩隻小鳥（或者是一對小夫妻），便會按著聲音，拍拍翅膀，或是從窗內探頭出來。

現在，他有點狼吞虎嚥地吃著早餐，他急於要將那十五分鐘在達到辦公室之前追回來。一不小心，衣服被弄髒了，於是他咕嚕著，接過太太遞給他的手帕，用力地揩拭著。

「小燕，慢一點吃，」他向坐在左旁的女兒說：「當心把衣服弄髒了！」

「你先說說你自己吧！」王太太溫和地望著丈夫。

王先生笑起來了。借著這個機會，一直在想說什麼話的小燕放下碗筷，訥訥地說：

「我……！」

「有話就說，」王先生認真地說：「小孩子說話不可以吞吞吐吐的。」

「我的跳舞鞋破了！又小又破，跳起來腳又痛又難看，上一次表演的時候，她們都笑我！」

王先生望著女兒俏皮的小嘴，心裏在起草教育女兒的講詞。當她以一種抱怨的神氣將話說完，他先乾咳一下，瞟了太太一眼，然後說：

「當然，穿著一雙又小又破的跳舞鞋去表演，爸爸也覺得很難看！」王先生頓了頓，他非常滿意這個開頭；他記得處長向大家說話時便時常沿用這種技巧。「——不過，你要知道，爸爸是一個委任二級的公務員，不貪污不舞弊，只靠薪水養活妳們，所以，一切都得要有預算……。」

「小孩子懂什麼預算！」

「因為她不懂，所以我才告訴她呀！」他望著女兒接著說：「好！我簡單點說：比方，媽媽生病了，要看醫生，爸爸呢，這個月同事結婚，要送禮；妳曉得這些錢從那裏來？就是平時節省下來的——節省妳懂不懂？」

小燕明白這句話的意思，她很想說她懂，但又怕父親問下去，他時常是這樣的。

「沒關係，我再說簡單點：節省就是不亂花亂用，將錢存下來！」

「好啦！」王太太插嘴說：「你再不走就要遲到了！」

王先生看看老掛錶，嘟嘟嘴，表示自己對時間有把握。「——好，現在妳懂了！」等到女兒點點頭，他才說下去：「今天是妳七歲的生日，媽媽給妳做這套跳舞衣服已經超出爸爸的預算了！怎麼辦呢，爸爸這個月要少抽一點香煙，而且還要多加幾天班才補得回來！所以，在預算裏面，妳的跳舞鞋要到下個月才能買！」

說完，王先生便學他的處長的手法，連忙站起來。

「好了！就這樣了！」他拍拍女兒的頭，說：「爸爸現在要趕著去上班，回來的時候，爸爸送給你一件禮物！」

「爸，是什麼東西？」小燕急切地問。

「當然是最好最好的，妳最喜歡的！」他一邊坐在玄關上穿鞋子，一邊快活地說：「回來的時候妳就知道。」

「爸，是不是孵小雞的籠？」小燕天真地問：「像隔壁張媽媽家一樣的！」

王先生沉吟了一下。「不是，」他含糊地問答：「不過比這個東西更好！」

出了大門，王先生仍在想著這個問題：小雞對於孩子們很重要嗎？當然，太太不願養小雞，也許是因為太麻煩，也許是害怕它們會喙食她的小花圃。

「對！」他向自己說：「如果有一隻養小雞的籠，便什麼都解決了。聽說洋種小雞放到地上反而養不大的，晚上我要找老張談談他的經驗。」

他忽然想起小時候聽到的『雞養大了買小羊，小羊養大了』那個故事。

「怎麼不可能？」他問自己，然後替自己解釋：「就這樣，回來我一定要說服玉蘭！」

四

和往日一樣，王先生去上班，接著是王太太提著籃子到菜市場去，於是，小燕便趁這個機會，從圍籬角上（大雞檻的旁邊）一個屬於她自己的小秘密機關，鑽到外面去。只要能夠，她平常不喜歡從大門出入，因為大門上小鈴鐺的響聲時常會驚動她的母親。而且，這個小『門』——她只要移動兩根竹片，便可以側著身體出去——是屬於個人的。她喜歡只屬於自己的東西。這一帶是住宅區，大都是公家機關的職員宿舍，距離大街還要走一小段路，所以較為冷僻。王守仁分配到的房子，便在這條巷口左邊的第一家；前面還有好幾條巷子，房子的式樣是完全相同的。現在，小燕鑽出竹籬，便急急地走過前面這條很少有車輛來往的小馬路，到路角一家因被火焚毀而荒廢著的圍牆裏面去。

這也是只屬於她自己的地方。那些巷子裏的孩子們，都喜歡到後面那一條小河和竹林那邊去玩，另一個他們不喜歡到這間破屋裏的原因，就是他們相信裏面有鬼；尤其是晚上，他們寧可繞路而過。

小燕像一個小天使，她不怕鬼。他的爸爸和媽媽從來不用鬼來恐嚇她，她甚至在心裏有希望能接近一次鬼的新奇的慾望。但，現在她跑到裏面去，並不是在找尋鬼，而是去探望她的新朋友——一隻傷了翅膀的小麻雀。

這隻小麻雀原來屬於巷尾那幾個小頑童的，他們捉到了牠，便用繩縛著牠的翅膀，要牠去拉小玩具車子，等到他們對於這遊戲玩膩了，小燕才用三隻很美麗的空糖果盒和他們交換過來。但，她並不和那幾個頑童一樣捉弄這隻可憐的小麻雀，相反的，她偷偷地將牠藏在這間廢屋頹牆的一個磚洞裏面，她小心地看護著它，在她的小小的心靈中，她是那麼虔誠地希望牠的傷能夠早日痊癒，然後振翼飛回牠母親的身邊去。

現在，她跑到廢屋的牆角下面，輕輕地移開一塊紅磚，裏面那隻小麻雀便啾啾地叫著跳到外面來。牠毫不畏懼地跳到她的小手上，開始啄食著掌中的飯粒。

「啊喲！你把我的手咬痛了！」她笑著呵責：「等一等，來，到盒子裏面吃！」

小燕將小麻雀放進她帶來的一隻小紙盒裏，然後將手上的飯粒撥進紙盒裏去。

「你看這樣多好！」她向小麻雀喋喋地說：「你知不知道，今天是小燕的生日。你看，這套衣服是媽媽送給小燕的，爸爸要送給小燕一隻大大的洋娃娃，呃，爸爸還要買一隻輕的籠子，像張媽媽家那隻一樣的……。」

『野狼』在街道上漫無目的地閒蕩著，當他轉過這個僻靜的街角，經過這堵頹牆的時候，小燕在牆內和小麻雀的談話使他驟然駐足，這些真純而稚氣的聲音在他那空虛的心靈中迴響著——這些聲音，離開我太遠了。他忽然認真地問自己：我小的時候，也是這樣的嗎？

他已經記不起那些事情，而且，在他這卅多年坎坷的生涯中，要他記著和要他忘記的事情實在太多了。

不知道是出於一個什麼心理，他走進圍牆，在小燕的身邊蹲下來。

小燕望了他一眼。這個陌生人並沒有打擾她，甚至因他的到來而有點沾沾自喜。

「這隻小麻雀是我的！」她炫耀地說。

「妳怎麼把牠抓到的？」洪俊笑著問。

「是大寶他們捉的——你有沒有？」

「哦，唔——」洪俊含糊地回答：「我小時候也有的，有次我抓了三隻……。」

「三隻？你養這麼多幹什麼？」

「玩呀！」

小燕驚訝地望著洪俊，她的眉頭漸漸皺起來了，小嘴嘟起來了，最後，她故意將身體挪開一步，生氣地說：

「你跟大寶一樣壞！我不理你！」

她的話和神態引起了『野狼』的興趣。

「妳不是也養牠玩嗎？」他討好地問。

「大寶他們才是養來玩的！他們縛著牠，要牠拖車子，喏！你看，牠的翅膀都斷了——好痛啊！我給牠搽了紅藥水，等到牠好了，我就放掉牠！」

「放掉牠？」他下意識地摸摸自己的右臂，困惑地重複著。

小燕想起了自己說過不理這個壞人的，於是，她轉過身去背著他。

「我不理你了！」她宣示道。

『野狼』笑了，他覺得他從來沒有這樣快活過。

「如果我也把牠們放掉，妳理不理我呢？」他打趣地問，同時將身體移近她。

「你不會放！大寶他們也不會放！」

「妳不信是不是，後來我真的把牠們全放掉了！」

小燕回過頭來望洪俊，滿臉狐疑。

「哼！」她說。

「真的，我不騙妳。」『野狼』作態地分辯，為了要證實自己說的話，他補充道：

「我打開籠子，牠們一個一個地飛走了！」

小燕隨著他的手勢望望天。想了想。

「媽媽說，小孩子不許撒謊！」她用天真的口吻問：「你的媽媽有這樣告訴你嗎？」

『野狼』的臉熱起來了。天曉得，他小的時候，他的母親是怎麼教他撒謊的，但，現在他注視這個小女孩的臉，彷彿是望著幼小時的自己，心中有一種說不出的激動和隱痛。

「當然啦，」他低弱地應道：「我媽媽也這樣告訴過我。」

小燕滿意了，她的小嘴露出純樸的笑意。忽然，她想起他剛才說的話，於是她好奇地問：「嗯，你放了牠們，後來牠們有沒有再回來看你呢？」

「看我？」洪俊笑了：「哦，當然，當然，牠們當然來，差不多每天都來！」

小女孩子入神地望著洪俊，她很羨慕他有三隻時常回來看他的小麻雀。停了停，她重又低下頭，用小手指去碰碰她的那隻小麻雀，小麻雀啾啾地叫著。

「你飛走以後，會回來看我嗎？」她問牠，但隨即又接著替這隻不會說話的小麻雀回答：「唔，我當然要回來看妳啦！我每天都要回來——妳聽到沒有？」她快活地向洪俊說：「牠說牠每天都要回來的！我聽得懂牠說的話。」

她並沒有說謊！『野狼』在心裏重複這句話。他對這個小女孩這種神奇的能力深信不疑。一些模糊的、朦朧的、片斷而不連貫的記憶，像一尾一尾彩色斑斕的熱帶魚，緩緩地游過，牠們時而顯出身上的花紋，時而隱沒在光的反射裏……。

「你小的時候也能夠的！」他認真地向自己說：「你記得嗎？你養的那隻小松鼠……。」

一個小孩騎著一輛太高的自行車，一搖一擺的在他的身邊擦過，『野狼』才發覺自己已經離開那個小女孩子，走到街道上來了。

「你還小得很呢？」他苦澀地笑笑，覺得自己剛才很無聊，毫無意義。他重新專注於原來的那個思想：怎樣解決當前的困窘！使自己變得更受人尊重一點，然後……！

他走過一個擺在街角的豆漿攤前，豆漿攤的早市正是時候，條凳上坐滿了顧客。老板是一個禿頂的中年人，一邊忙著招呼相熟的客人，一邊用熟練的動作打雞蛋，盛豆漿；他的助手——顯然是他的太太，在包捲燒餅油條，然後遞給那些客人。

「來，請坐吧先生！」老板殷勤地向呆站攤前的洪俊擺擺手：「喏，這裏有位子，這位先生要走了！」

洪俊嚥下一口唾沫，沒有回答，便急急地走開了。驟然，他感到難耐的飢餓和寒冷；他開始後悔，為什麼將那二十塊錢完全給了『黑鼠』？

「我只要給他一半就夠了！」他惱恨地詛咒道：「管你買不買票，把那沒出息的小子抓走了也活該！」

他邊走邊生自己的氣。但，他忽然停下腳步，他的手在褲袋裏摸到一些東西——他完全忘掉了，那幾隻新襪子。他將它們掏出來，看看貨色。

「至少可以痛痛快快地吃一頓早餐吧！」他想。

十分鐘之後，他已經將這幾雙襪子用最低的價錢賣給一個搖著鈴鐺，推著一架古色古香雜貨車的老頭子，然後再回到豆漿攤上來。

「來，老板！」他大聲說：「一碗甜漿，打兩個蛋！」

五

『野狼』幾乎是狼吞虎嚥地食著燒餅油條，大口大口地喝著豆漿，驀然，一種『職業性』的機警——不如說是狼的獸類的機警，使他注意到坐在他左旁的客人。

其實，最初他並沒有注意到這個客人，因為一隻紙包正放在他們之間。紙包是方形的，一種最普通的形狀，但，這個客人的手表明了他的價值，即使是在吃豆漿，他的右手仍緊緊地按著它。

『野狼』的眼睛露出一種喜悅的光澤。為了要證實自己的猜測，他故意讓開一點位置給一個胖子，而向左邊挪過一點。他低下頭，左手的小指只是輕輕地在紙包上一拉

——在那個小小的裂口裏面，他只是那麼若無其事地偷窺了一眼，便知道那包著的是些什麼了。

他驟然緊張起來。當他發覺自己的手心在微微地沁著汗，微微地發抖時，他隨即抑制著自己；這種反常的情形使他害怕。他記得，這是從未有過的。

「大概是太久沒幹過這種事吧！」他安慰著自己，同時瞟了那個人一眼。

他的信心和威望陡然強烈地燃燒起來了。那是個衰弱的中年人，並不是一個會惹麻煩的對手。他想，他會經得起我一拳嗎？他接著又獰惡地笑了。

「管他的！」他向自己說：「只要不打死他就行了！」

就在這個時候，這個中年人拿起這個紙包，付了賬，便走開了。

『野狼』仍然低著頭，他傾聽著那個人的腳步聲走過他的背後，然後向右邊走去。

在一個他認為最適當的時間，他站了起來。

「多少錢？」他問。掏錢時向右邊望了一眼。

「八塊！」老板早就把賬算好了，他笑著回答：「剛好八塊！」洪俊有點著急地取回兩塊錢零頭，然後向那個人走的方向趕去，因為他發現那個人已經不知去向了。

豆漿攤老板收碗的時候，看見洪俊的碗內還有一隻雞蛋。他用湯匙撥撥那隻好好的蛋黃，嘴裏困惑地咕嚕著。

「神經病！」他說。

『野狼』追至前面的路口，那個中年人已失蹤跡。他向左右兩邊望，然後依從自己的直覺向右邊轉去。他剛轉過街角，一個行人撞到他的身上。顯然那個人也是一個壞脾氣的傢伙，隨即詛咒起來了。『野狼』狠狠地回頭瞪他一眼。但，就在這一瞬間，他重新又發現了他的獵物。要是他不回過頭，他便失去了，因為他所走的是一個相反的方向——他望見那個中年人正轉入另一條街角。

他顧不得這個氣勢洶洶的行人的挑釁和辱罵，連忙反身向前追趕過去……。

現在他像一頭餓狼，尾隨著他的獵物，保持著一個適當的距離。他向兩邊張望著，要找尋一個適當的場合和機會下手了。

台中清晨的街道是異常冷靜的，尤其是在這一帶接近市郊的住宅區。當『野狼』剛轉入另一條街角，他發覺機會來了，這條小街很短，連一個人也沒有。他在一個最短的時間下了決心，用最敏捷的動作從地上拾起一條木棍，敲到那中年人的頭頂上。

就在那個人被木棍擊倒，『野狼』去奪下那隻紙包的時候，前面一家人家的後門打開了，一個下女出來傾倒垃圾，於是，她尖聲大叫起來。

洪俊略一遲疑，隨即返身向後奔逃。接著，有些被叫聲驚動的人走出來了……。

洪俊沒命地向那些沒人的街巷狂奔，他已經聽到後面嘈雜的人聲，以及追趕的腳步聲，叫聲，警察的哨聲……。

轉了彎，迎面走過來兩個行人，他驟然停下腳，但後面已經無路可逃了，他瞬即鼓起勇氣，用一種尋釁的姿態向那兩個行人衝過去。

那兩個人驚恐地向兩旁躲開，莫名其妙地望著這頭瘋狂的『野狼』的背影，當他們看見那一羣人追過來時，才明白這是怎麼一回事。

其中那個瘦子熱心地指著前面說：

「這，這邊！剛剛逃過去！」

『野狼』在奔逃。但情況愈來愈對他不利，追捕他的那一羣人愈追愈近，而前面的路人卻愈來愈多了。現在，他已逃到剛才走過的那條小街，那間廢屋使他猛然想起一個脫身之計。所以當他沿著牆根跑過那個門口時，他順手將那個紙包扔到小燕的身邊去。在和她的小朋友玩耍的小燕正好抬起頭，看見了他。

他轉過街角，連忙用一種迅速的動作脫下上衣，隨手扔到垃圾桶裏，然後裝著若無其事地返身往回走。

追捕他的人轉過街角，向這邊追趕過來了。但，他們都沒有去注意迎面走過來的洪俊。他們呼嚷著，從他的身邊跑過去。

為了裝得更逼真一點，洪俊拖著一個顯然也是雜在其中湊熱鬧的小胖子。

「究！究竟是什麼事兒？」他問。

小胖子喘息著，大概他也正要打算停下來，不跟著追趕了。

「搶劫呀！」他鼓著滾圓的眼珠回答：「就在前面，聽說還把一個老頭子給打死了！」

「哦，打死了？」洪俊重複著。

小胖子並沒有放過這個機會，他開始繪聲繪色地敘述這件事，彷彿從這件事情發生之前他就始終在場似的。

「我跟你說，」他比著手勢說：「我已經抓住他了，你說怎麼樣，那傢伙一急，把槍掏出來了，」他嚥了一口唾沫：「好啦，這還有什麼好說……。」

這個時候，小燕捧著那個紙包轉過街角這邊來了，她覺得奇怪剛才和她一起玩的、有三隻小麻雀每天都來看他的那個人，為什麼要將這隻紙包扔給她？為什麼又跑掉？為什麼有這麼多人跟著他跑？現在她打算把這個紙包還給他。爸爸時常說：撿到別人丟了的時西，要還給別人。

但，當她走過他們——洪俊和那個小胖子身邊時，小胖子正好遮往了她的視線，而洪俊正沉湎在另一個可怕的思想裏，也沒有看見小燕。

等到那個小胖子的話告一段落，洪俊才算擺脫掉他，急急地回到廢屋那邊去。

當他衝進頹牆，發覺小燕已經不在那兒的時候，他震顫了一下。不過，他安慰著自己，紙包落在這個小女孩子的手上不會有問題的，她也許正躲在一個什麼地方，也許正在拆開那個紙包呢！他發現她已經將那隻小麻雀放回牆洞裏去了，由這一點，他證實她並沒有走遠，於是，他跑到廢屋裏去搜索。

小女孩子並不在廢屋裏，洪俊愣住了。略一思索，他隨即返身跑出廢屋，向左右打量了一下，然後開始到附近的街巷去找尋……。

而在另一條街上，像一個天使那麼美麗而純真的小燕緊緊地抱著那隻紙包，也在找尋著『野狼』……。

六

十分鐘後，晴空一碧，太陽火辣辣地照著，熱得像夏天。

『野狼』完全絕望了。他疲乏而沮喪地在熱鬧的街道上走著。對於自己的失策，他愈想愈氣惱，他覺得，他不該丟掉那包東西……。

一輛吉普車在他的面前擦過，險些兒撞著他。那個司機探頭出來詛咒他，他才清醒過來。他發覺自己站立在馬路中央，有幾個路人好奇地望著他。於是他急急地走過馬路，但，他發現自己疲乏得幾乎連腳都抬不起來了。他在街角，扶著燈柱，驀然對一切都感到黯淡而渺茫。

嘴裏乾燥無味，他想抽一支煙。他本來就知道袋子裏除了兩塊錢則空無一物，但他還是摸了一下袋子。他注意到一個路人丟了一段煙蒂，還沒有等到他下決定，另一個路人的腳正要踏在煙蒂上面……。

他生氣地揚起頭。忽然，他問自己：

「我為什麼不回到廢屋那邊去找她呢？她可能就住在那附近——對，她一定就住在那附近……」

有人扯扯他的衣袖，他毫無所覺。

「喂！我找到你啦！」

找到誰？有人搖他的手臂了。他回過頭——

「噢！」他叫了起來。他幾乎不敢相信站在面前的就是那個小女孩子，因為她的手正捧著那個紙包。

「你跑到那裏去了?你的東西都不要啦!」小燕抱怨地說:「我走了好多好多條街啊!呃,我還找了警察!」

警察!洪俊望望左右,正好一個警察向他們走過來。

「我要他們帶我過馬路。爸爸說的……。」

小燕的話還沒有說完,洪俊已經將她抱起來。等到那個警察走過,他馬上加入人羣裏面去。

「我們要到那兒去呀?」小燕天真地問。

「呃,走走!」洪俊含糊地回答。他在心裏盤算,他暫時可以利用她作掩護,然後……!「我要回家去啦!」她說:「媽媽一定在找我了?」

「好的好的,我馬上就送你回家。」說著,他在一家剛開門的拍賣行前面停下來。略一思索,他放下小燕,然後接過那個紙包,走進店裏去。

那位顯然是兼任店員的老板在揩拭著玻璃櫃櫥，他用一種並不信任的眼光打量著『野狼』，所以當『野狼』很快地便決定一套西服，要他從架子上取下來試穿的時候，他仍有些猶豫。

「你怕我買不起是不是？」洪俊瞪著他說。

他不響，過去慢條斯理地用一根叉子將那套藍色英國料子的西服取下來。他將西服交給洪俊之後，還不肯放開那根叉子。

「就在這兒試嗎？」洪俊不快活地問。

「喏，」他指指裏面那間只有半蓆大小的更衣室，淡淡地說：「那裏面有鏡子！」

洪俊進去之後，這個店老板望望正在櫃台前面玩的小燕，他真想去問她一點什麼，但又打消了這個念頭。

「他逃不了的！」他擺擺手上的叉子，向自己說。

『野狼』在更衣室裏，那套衣服適合的程度甚至可以說是為他定做的，他望著鏡子裏的自己，用手指理理蓬亂的頭髮，笑了。於是他急急地撕開那個紙包，將一疊疊的鈔票分別塞進那幾個袋子裏，數目正好是二十疊——兩萬元，當他正要將那張報紙揉成一團時，他發現了一封信。他拿起來看，信封上寫有「親交××路××號×××先生查收」這兩行字。

「先生，」店老板在外面怪腔怪調地問：「這套衣服還合身嗎？」

洪俊要撕掉那封信，但想了想，又隨手放進內衣袋裏。

「還可以！」他大聲地回答：「請你再給我一套襯衣，十五寸半，要最好的；還有，再給我一根皮腰帶！」

店老板開始考慮了，拿給他還是去叫人？

半晌，洪俗繃著臉從更衣室裏走出來，他看透了這位現在臉色開始蒼白的店老板的心意，本來打算捉弄他一下的，不過他並沒有這樣做，他只從衣帶裏取出兩疊鈔票，用力地摜在玻璃櫃台上。

「別他媽的狗眼看人低，老子先付錢給你！」他兇惡地詛咒道：「兩千元——夠嗎？」

說著，他讓這位店老板愣在那兒，再回到更衣室去。

等到『野狼』再從更衣室裏出來，已經煥然一新。他隨意地挑了一條藍色底白花的領帶，還買了一隻錶和一副太陽眼鏡。店老板誠惶誠恐地算清賬目，然後將餘賸下來的錢，雙手還給他。

這個時候，洪俊才發現小燕將面孔貼在玻璃櫃台上，正在凝神地欣賞著放在裏面的一隻大洋娃娃。於是，他向那個露著滿臉阿諛笑意的老板說：

「把這個洋娃娃拿出來！」

「這是來路貨，」店老板解釋著：「會叫的，只要一放下來，它就會叫——喏，您看……」

洪俊照價付了錢。這才發覺小燕仍然在看著玻璃櫃櫥裏的什麼東西，為了要想早點擺脫掉她，他過去拍拍她的頭，不耐煩地問：

「妳不是想要這隻娃娃嗎？」他將洋娃娃遞給她。「妳看，它還會叫呢！」

很顯明的，小燕對這隻會叫的大洋娃娃並不感到興趣，她誠實地指著原來掛在大洋娃娃旁邊的一雙芭蕾舞鞋說：

「你看這雙跳舞鞋子多漂亮，跟我身上這件衣服的顏色一樣？」她斷斷續續地說：「我要買一雙，爸爸說要到下個月才可以給我買。我那雙已經破了！」

「拿出來，拿出來！」洪俊向店主擺擺手。

「你要買給我？」小燕興奮地問。

「嗯！」他淡淡地應著，有點急不及待地付了錢：「現在該走啦！」

小燕大喜過望地接過那雙小芭蕾舞鞋，隨即提起腳來和它比了比大小。

「太好了，一樣的大！」她抬起頭，開始喋喋地說下去：「我學跳舞已經兩年了，爸爸跟老師都說我跳得最好，教我們跳的老師也是頂頂好的！呃，我有一次去參加比賽，還得到第一名呢……！」

『野狼』漠然地點點頭，一邊拖著小燕離開那間拍賣行，走到街道上來。他心裏在想：先去買一雙皮鞋，理一個髮，然後到『鳳凰』去找銀鳳，問她關於……。

「你到我們學校來看我跳舞好不好？」

「嗯……！」

「爸爸每天晚上送我去，他最喜歡看我跳舞——噢！」

看見她停下腳步，洪俊不解地問：

「又有什麼事？」

一種純真而可愛的笑，開始從這小女孩的小嘴角流瀉出來了，她注視著『野狼』的眼睛，然後裝著一副大人腔調地說：「我忘了問你姓什麼？」

『野狼』忍不住笑出來。

「我姓劉。」他補充道：「妳還要問什麼？」

「劉伯伯！我叫王小燕！」她親切地說，同時伸出右手。

他困惑地望望她的小手。問：

「妳，妳還要什麼？」

「咦，我跟你拉拉手呀！」她不以為然地回答：「爸爸跟人家第一次見面的時候，都要跟人家拉拉手的！爸爸說這是禮貌，小孩子要懂禮貌！」

已經開始感到焦躁的『野狼』極力抑制著自己，他無可奈何地伸出那隻舉動有一點不便的右手去握著她的手。她像一個大人似地搖著他的手，笑著。但，她忽然又大驚小怪地叫起來。

「劉伯伯，你的手好髒呀！」

她這種認真的樣子使他生氣，他咬咬牙，猛然將右手收回來。

「你手指甲都不剪！」她天真地接著說：「爸爸說這樣最不衞生！手要時常洗，吃飯的時候要洗，還有——爸爸說的，你千萬不要把手指放到嘴裏，要生病的！」

爸爸！爸爸！從她的嘴裏，洪俊聽到的什麼都是爸爸！他記起父親的醉態，他是難得清醒的。那個時候他還小，每天跟著父親在魚市場裏鬼混；父親喜歡喝酒賭錢，輸光了便回家毒打他的母親……。他忽然發覺自己正呆呆地望著自己的手，於是慚恧地將它們藏到身後；他看見小燕正對著他笑，他也笑了。他分不清笑裏包含有什麼意味。總之，這一種感覺是新奇的，彷彿他一生中從未經驗過。

「劉伯伯的爸爸也這樣告訴劉伯伯嗎？」

他聽見小燕這樣問，於是，他裝作若有其事地回答：

「當然啦！我的爸爸也要我時常洗手，不要放到嘴裏。」他補充道：「而且，要我不要打人！」

「我爸爸沒有叫我不要打人！」她惋惜地說。

接著他們忽然顯得無話可說了。『野狼』搓搓手，望望路上的行人，覺得自己很可笑。

「呃，小——管叫什麼，總之你聽我說，」他微微彎下身體，生硬地說：「我不能再跟你談下去了，我還有很多要緊事情馬上要去辦！妳呢，妳也該回家。好！就這樣，我們就在這裏分手！」

「我不要！」

「怎麼不要呢？妳不要回家去？」

「我不敢一個人過馬路，」她說：「你要送我回去！爸爸說的……。」

『野狼』連忙用一種厭煩的聲音截住她的話：

「我知道，妳爸爸說的，小孩子一個人不要過馬路，車子多！危險！是不是？」他將話頓住，望著她的圓眸子，然後又吁了口氣，有點無可奈何地說：「好吧，走！我送你回去！」

他們繼續走起來。洪俊一邊走一邊想起自己小的時候，父親怎樣教自己故意到馬路當中去玩，用這種方法去攔住載運魚蝦的車子……。

十分鐘之後，他們已經回到那間廢屋的前面。

「現在，你應該讓我走了吧？」洪俊如釋重負地問。

小燕沒有回答。用小手愛撫著抱在懷裏的那隻大洋娃娃和那雙心愛的小舞鞋，然後又扭轉過頭去看看對街的房屋。

「妳怎麼啦？」洪俊困惑地問。

現在，她望著他了。她的眼睛裏閃著淚光。猶豫了一陣，她忽然將手上的大洋娃娃和小舞鞋還給他。「我不能要這些東西！」她為難地說。

他看出這並不是她心裏要說的話。他接觸到她的目光，在短短的一瞬間，他發覺自己很喜歡這個小女孩子。本來他打算將她送到之後便走的，現在反而有點不忍心走開了。

「這是我送給妳的呀！」他勸慰地說。

「爸爸說過的，」她瘖啞地回答：「不認識的人的東西，不可以要！」

「妳不是已經認識我了嗎？」

「但是，我爸爸不認識呀！」

這的確是個難題。他看看手上的東西。

「怎麼辦呢？」他同情地問。

「這樣好了，」小燕想起了一個主意，她急急地說：「劉伯伯在這裏等我，我回去問問媽媽，媽媽答應了，我再過來拿！」

「好吧，妳去吧！」

「你不要走開啊！」

「當然，你放心好了，我絕不會走開！」洪俊笑著回答。看著小燕跑到對街的巷子裏去。

七

王太太從菜市場回來之後，就發現小燕已經不在家裏了。最初，她以為她可能是到巷子裏去炫耀身上的跳舞衣服去了，但，直至她將房子打掃乾淨，廚房裏的準備工作做完，還不見女兒回來；於是她煩亂地故意在廚房裏找事做，心裏一邊再想：她回來之後，得好好地教訓她一頓。

當她偶然間抬起頭，向窗子望出去的時候，她看見小燕了，她和一個男人在對面街角說話，然後向這邊跑過來。因為廚房的小窗面向對街的廢屋，而這條街道並不寬闊，所以她很清楚地看見他們。

驀然，她注意到那個男人，他的體型使她聯想起另一個她熟悉的人，只是——

「噢！」她驚惶地掩住自己的口，雖然她的心裏在極力地拒絕那個可怕的思想，嚷著：「那不是他，絕對不是他！」可是，她發現那個這幾年來始終在威脅著她的厄運，已經臨近，不能逃避了！

「我知道他回來要幹什麼！」她顫抖起來。她望著自己的手，突然，她機警地在窗前閃開，順手拉上窗帘，然後走入客廳。

她呆呆地站著，思想彷彿凝固了。「我知道他回來要幹什麼？」她喃喃地說。

這個小客廳裏的每一件傢俱，每一樣陳設，甚至那一個榻榻米有什麼記印，那一扇紙門的習慣——總之，這整個房子對之於她，除了它本身所秉有的功能之外，還賦有一種撫慰的力量。當她第一次踏進這間屋子裏面，就感到安全，嗅到能使她忘懷一切的幸福——丈夫和女兒的愛，家庭的溫暖——她重又記起丈夫向她說的每一句話，使她感動流淚的話，以後，她逐漸長大的每一件瑣碎的事情……。

她掃視四週，像是要找尋什麼，最後，眼睛又看到自己的身上，於是，她抑制不住地挨起來。因為她發現自己是那麼軟弱，那麼孤獨而無助。

現在，小燕挾著那份激動而畏怯的心情進來了。她走近母親，才發現她頹坐椅上掩面抽泣。

「媽！」她輕聲叫道。

母親抬起頭，在女兒的臉上搜索。她驟然緊張起來，她緊緊地捉住女兒的雙臂，搖撼著看問：

「你怎麼認識那個人？說，說呀！」

小燕被母親神態駭住了。

「說呀！」母親狂亂地問：「他跟妳說些什麼？他有沒有問妳……？」女兒被嚇哭了，她才鬆開手。她一時昏亂得不知道自己正要做什麼？直至那個可怕的思想再回到她的腦子裏，她才漸漸醒過來。

「妳聽媽媽說，」她低促地說：「媽媽看見了，妳跟那個人在對面！你們在說什麼——說呀！」

「他，他丟了東西，」小燕訥訥地答：「我撿到了，就還了給他！後，後來……。」

「他問起我，問起媽媽了？」

「沒有問。後來他就……！」

「他沒有跟妳說什麼？」她屏息著，注視著女兒的眼睛。

「他說他也有三隻小麻雀，天天要飛回來看他，」小燕繼續說：「後來，呃，他走了，後來，又回來，丟了一包東西……！」

「妳問過他姓什麼？」她截住女兒的話。

「問過！他說他姓劉，我就喊他劉伯伯！」

「姓劉？」母重複著，眼睛離開女兒的臉，凝神於前面一個什麼神秘的地方。她輕聲自語道：「他不姓劉！我知道他不姓劉！」

「他說他姓劉！」小燕天真地分辯。

沉默半晌王太太像是從思想中找到一種什麼足以振作她的力量，她揚起頭，嘴唇因過份的抑制而微顫著。她用一種彷彿並不是發於她自己的聲音向女兒命令道：

「去，去把門關起來！」說著，她開始過去拉起所有的窗帘。

小燕愣著，望著自己的母親。她不明白母親為什麼這樣生氣，而且，她從來不這樣對自己說話的。

「媽，」她困難地說：「我要出去，他——劉伯伯是在對面等我呢！」

她回過身，似乎聽不懂女兒的話。但，她隨即又撲近窗邊，從窗帘的縫隙中望出去。果然，如女兒所說的，他仍然站在對面的街角等她。於是，她吃驚地用力拉上窗帘，猛然回轉身。她喘息著，好久好久，才從喉管裏斷斷續續地發出一種生澀的聲音：

「不，不能出去！不能出去！」

「媽，可是他……」

她並沒有望自己的女兒，她望著前面，眼睛可怕地瞪著，發狂地顫聲制止道：

「不可以！絕對不可以！」她忽然頓住，顯然是被自己的聲音所驚嚇。她不知所措地望著女兒，隨即絕望而畏縮地帶著哭聲躲進臥室裏去。

小燕眼看著母親重重地拉上紙門，她反而不敢哭了。她不知道究竟發生什麼嚴重的不幸？是因為自己？或是什麼原因？不過，她又似乎明白了一點：母親不喜歡自己和劉伯伯玩，媽媽害怕劉伯伯，劉伯伯是壞人……。

母親的哭泣漸漸靜止了，小燕輕輕地用手背揩去爬在頰上的眼淚，傷心地從廚房走出院子，到竹籬邊去。

她蹲下來從籬縫向對面的廢屋偷窺。她看見洪俊仍然站在那兒，不過，他顯得焦躁不安；看看手錶，又向這邊望望。最後，他終於走掉了。

小燕想起那雙幾乎已經是屬於她的小芭蕾舞鞋和那隻放下會叫的大洋娃娃，眼淚反開始從她那雙大而烏黑的眼睛裏滑下來。這次，她故意不用手去揩它，甚至想用眼淚去弄髒身上這套舞衣；當眼淚滑到她的嘴角，她舐到一點鹹味——像媽媽醃的小菜瓜那種鹹味。

八

『野狼』從市內一家高尚的理髮廳裏走出來，他的臉色顯得活潑而光潤，刮過的下巴現出一種淺淺的青色，使他的容貌變得更狂放一點，而刻意修理過的頭髮，卻從那種狂放中注入一些中年男子所特有的溫柔。

他站在門口，拉拉衣領，然後低下頭來看看腳上那雙雪亮的新皮鞋。他再抬起頭，馬路上浴著溫暖的陽光，他嗅到空氣中有淡淡的香，突然，他心中充滿了一種恬適的激動。

「台中還是我的！」他堅決地向自己說。

他正要舉步走開，那個頭髮長得像個女人的理髮師，慌慌張張地推開那兩扇活動的小門，從裏面跑出來。

「先生，呃！你的。」他笑著將那隻大洋娃娃和那雙舞鞋遞給顯得有點尷尬的洪俊。洪俊接過來，那隻洋娃娃『呱』的叫了一聲。

「嗯，」理髮師阿諛地笑道：「買給您小姐的？」

「唔，是……的。」洪俊含糊地回答。連忙返身向前走去。

十分鐘之後，他已經站在『鳳凰公共食堂』的門前。這一類食堂在白天幾乎是概不應市的，事實上也無市可應；所以這個時候雖然已經接近正午，但它兩旁的門板仍然緊閉著，不過大門卻留有一條狹窄的縫，證明裏面的人已經起來了。

『野狼』早就注意到這一點，但他卻站在門前，並不準備馬上進去。他站著，故意看看自己反映在門邊長鏡子內的身影，他倨傲而滿足地笑著，這種笑意彷彿正對著幾個鐘頭前也反映在上面的那個人——那個狼狽、疲乏、襤褸的流浪漢。

他聽到裏面有一些響聲，於是，他用腳去輕輕地推開板門。他跨前一步便站住了，並沒有進去。

店堂內光線非常黝暗，他一時連什麼也看不見。靜止著，沒有聲音，半晌，他才看見那個叫做『臭魚』的老頭子手上拿著長掃帚，望著他發愣；旁邊的長桌上，有兩個頭髮蓬亂的、剛從那一堆骯髒的被褥裏爬起來的漢子；他們奇怪地瞪著他，沒有說話。現在，他認出那位坐在裏面的桌子邊，整理頭髮的那個女人是銀鳳了，但，他並不招呼她，他要讓她先發現自己。

店堂裏靜得像是被凝固了一樣。

銀鳳竦然注視著『野狼』，背後強烈的光線使她看不清楚他的臉。忽然，她的梳子從手上跌了下來，她瘋狂地尖聲叫道：

「野狼！野狼！」

另外那三個人像是真的發現了一頭野狼似的震顫了一下，再經過短短的思索，隨即跟著那個顯然已經被奇蹟激動得發狂的女主人一起向洪俊擁上去。

「噢，真的是野狼呀！」銀鳳緊緊地抱住洪俊，喃喃地喊道：「真的是野狼！」

『野狼』冷靜地觀察著一切，他讓她緊抱著自己，隨著她轉，然後，他用左手捉住她的臂，推開她的身體。

「整整七年了，是不是！」她流著淚，語無倫次地唸著：「你發財啦？你們看，咦……！你們忘啦？他是野狼大哥呀！」她又挨近他，深情地說：「你知道我多麼想你？你不信，你可以問問他們……。」

洪俊淡漠地望了這幾個『早屬』一眼。

「你們還是這樣沒出息啊！」

那兩個傢伙的臉紅了。其中一個精明的提議，像是要徵求『野狼』的同意。

「我現在就去告訴他們，說大哥回來了！」

洪俊無可無不可地哼了一下。回過頭，才發現銀鳳呆呆地望著自己，有一種悽怨的意味。

她苦澀地笑了笑，掩飾自己內心的痛楚。

「這，這是你送我的？」她注意到他手上的大洋娃娃，笨拙地找話說。

「不是！」洪俊冷冷地回答。如同將這兩個字從嘴裏吐出來。

霎時間，大家顯得無話可說了。『野狼』咬咬下唇，然後自管自地逕向屋裏走去。

銀鳳愣了一下，隨即有點慌亂地用手掠掠頭髮，跟在他的後面。等到他們進了掛布簾的內門，那個漢子才用手拐碰『臭魚』。

「野大哥怎麼啦？」他的眼睛仍然望著內門。

老頭子眨眨眼，用沙澀的聲音回答：「誰知道！我想一個人在牢裏關上七年，多少總有點改變吧！」

「哼……！」問話的漢子搖搖頭，沉重地自語道：「問題才不那麼簡單！」

「你說什麼？」

「什麼！難道你沒聽說過？」

「完全是瞎說八道！你也相信銀鳳會做出這種事！」

「好吧！你看吧！」那漢子幸災樂禍地乾笑了一下，說：「反正那一年是誰出賣了野狼大哥，大家心裏都明白——你以為野狼大哥就不知道嗎？」

『臭魚』不響，回頭望了望內門，然後以一種不準備介入這個事件中的態度走開了。在銀鳳的臥室裏。『野狼』從踏進門開始，便始終沒有說過半句話，即使是呼吸，也是沉緩的；他將手上的東西扔到那佔據房間一半的榻榻米上，然後用一種冷峻而殘忍的目光注視著銀鳳。起先，銀鳳還強做笑顏，掩飾著內心的疑慮。但，漸漸的，她顯得畏縮起來了。從他的神色中，她已經窺出一件可懼的事情在醞釀著；她了解他那屬於獸類的野性和兇殘，她知道這種像死一樣的沉默之後是什麼。

「這是命定的！這是劫數！」她在心裏輕輕地唸著。

他的嘴露出那種特有的笑意了。她驚惶地退到比地面高出兩尺的榻榻上坐下來，極力抑制著自己。

「你別這樣望著我呀！」她故作嬌嗔地說。

「……」野狼哼了一下：「我能夠不這樣望妳嗎？因為，妳是這——樣愛我！」

她聽出話裏的含意，但她又抑制不住地向他撲過去，緊緊地抱住他。

「你根本不知道我是怎麼愛你！」她喃喃地重複著這兩句話。

「愛我？想我？我當然知道！」他捉住她的雙臂，推開她然後用一種難聽的聲音說：「所以，我今天回來了，妳該滿意了吧！」他仍然緊緊地揑住她的雙臂，她無力反抗，開始淒切地啼哭起來了。

「我知道你恨我！我知道你一點也不愛我！」她喊道：「我雖然不好，可是我始終在等你！你可以去打聽，這七年來，我銀鳳做過什麼對不起你的事？現在，只要你願意要，我、這家店，都是你的！」

他又冷笑了。

「用七年的時間去換這些，這買賣未免太不合算了吧？」他陰狠地說。

銀鳳開始慌亂起來了，她要掙扎，可是他的手揑得比以前更緊。從他那雙銳利的，瞳孔收縮的眼睛裏；從他那緊閉的唇邊，她窺見一種使她顫慄的意念，在漸向外擴展，使她驚慌起來。

「你，你以為……！」她訥訥地說。

他的臉霎時間變成另一個人。他用力將她推倒在榻榻米上。

「你還想賴！」他忿忿地嚷道：「妳以為我不知道是誰出賣我？」

她伏在榻榻米上，嚶嚶地哭著。但，她很快的便停止了，因為她覺得既然已經無法避開這個厄運，不如坦然面對著它。於是她驟然坐起來，扭轉頭，率直而怨憤地望著『野狼』的臉說：

「是的，我承認，因為妒忌，所以我出賣了你！」說著她又忍不住地哭起來。她用瘖啞的聲音，斷斷續續地說下去：「可是，我沒有辦法呀！我愛你，你根本不管！憑良心說，我那一點比不過玉蘭？她還愛你嗎？哼——我覺得自己真傻！」

『野狼』的臉色突然陰暗下來。他愣了一下，隨即向她趨前一步，粗暴地抓住她的衣襟。

「妳說什麼？」他吼道：「說呀！」

沒有回答。

「……」他咬咬下唇：「她，她現在在那裏？」

「她早就嫁人啦！」她挑釁地回答。

「媽的，妳說謊！」她得意地笑了。

「你愛信不信！」她補充道：「她非但嫁人，孩子都有六七歲了！」

他相信她說的是實話。他不響，眼睛凝望著前面；突然，他的目光又回到她的臉上。

「她的家在那裏？」他壓下聲調問。

「你要去找她？」

「我只要妳告訴我她的地址！」他威嚇地提高聲音。

她像是聽不懂他的話，她頓了頓，然後不以為然地叫起來：

「瘋了！這種無情無義的女人你還要去找她？」她望著他！接著用一種深情而激動的聲音說：「現在，你總該明白，誰才是真正愛你的了！是的，那個時候我妒忌，我恨，我做錯了事，所以我等你到今天，我要再看見你！即使你真的殺了我，我也甘心情願！」

她又開始哭泣起來。他不響，輕蔑地望著她。

「我求你，別去找她！她已經有家，有丈夫兒女了，別去拆散他們！而且，今天的台灣已經和以前不同了，我們用不著做以前那種事，一樣過得很好！你看，我們可以好好地經營這家店……。」

「少廢話！」他不耐煩地截住她的話，命令道：「她住在那裏？」

她反抗地注視著他的眼睛，決然地說：「我不知道。」

「真的？」他歪著頭問。

「真的！」

他獰惡地笑了。幾乎是出其不意的，他用左手猛摑她的臉頰，然後淡然地從褲袋裏摸出一把自動開關的刀子，一掀簧鍵，雪亮的刀鋒便彈了出來。

他故意用手指去試試鋒口，陰沉地說：

「妳該不至於笨到一定要見血才肯說出來吧！」

銀鳳畏怯地望望刀子，又望望『野狼』那張像墓碑一樣生硬而平靜的臉，思索了片刻，她發出一聲絕望的輕喟。

「好吧，」她扭開頭說：「她住在西區，自由新邨二十二號。」

他滿意地將刀子摺回來。

「妳少動什麼歪腦筋，最好是等著！」他正色地警告道：「我去把她那筆賬算清楚了就回來！」

銀鳳等到『野狼』出了房間，還在那兒呆呆坐了很久；她覺得自己空虛而疲乏，於是索性伏在榻榻米上，將那雙蘊滿了熱淚的眼睛閉起來。

九

『野狼』到了西區，才知道自由新邨正是早上碰到那個小女孩的地方。他在那家廢屋前面停了停，然後向對面那幾排整齊的平房走過去。

第一條巷子只有二十號，他從巷底再走出來，轉到左邊的第二條巷子去。

他一走進那條巷便找到了，它就在巷口的左邊第一家。他走過去，釘在門邊的戶長名牌使他猶豫起來。

「王守仁？」他想：「剛才忘了問問銀鳳，她嫁的那個傢伙叫什麼名字。」

不過，他馬上認為這是多餘的；這兒只是平民住宅，並不是什麼官邸公館，即便是敲錯了門，也不是一件怎麼嚴重的事。而且，他相信銀鳳不會用一個假地址來騙他。

可是當他正要伸手去揿電鈴的時候，王守仁先生下班回來了。他挾著一隻鼓脹的公事皮包，正在和幾個住同一條巷子的同事談論著些什麼，所以當他走到自己的家門口，自然地停下腳步時，仍然沒有注意到旁邊的『野狼』。

那幾個同事漫應著，走進巷子。王先生才轉身去揿電鈴。『野狼』就在這個時候機警地走開了。

他走出巷口聽見背後有開門的聲音了，停了停，他回轉身。雖然隔著竹籬，他一點什麼也看不見，但，他確信開門迎接這個『像一隻番薯那麼愚蠢的』男人的，就是背叛他的玉蘭。

「是她！」他痛恨地向自己說：「我連她的呼吸都聽得出來——這個賤女人！」

他幾乎立刻衝進去，但，他隨即又變了念頭：現在不是時候，事情鬧開了反而不妙。

「反正這隻『番薯』下午要去上辦公的，我要單獨和她談！」這樣決定之後，他懷著那份急於要將這種事情解決的激動，向對面的廢屋走過去。

王先生吃了半碗飯，才發覺今天的氣氛有點不對。他本來打算在適當的時候，將養雞的計劃提出來和太太商量的，現在他反而不敢說了。他停下筷子，關切地向臉色蒼白的王太太說：

「你怎麼不吃飯呀！是不是累了！」

王太太索性放下始終未動的碗筷，瞟了女兒一眼。

「沒，沒什麼！」她含糊地回答。

王先生開始注意到她那不安的神態了，他伸手去摸摸她的手，她急急地將手抽開。

她顯然是著急了，他一時想不出什麼使太太不快活的理由，於是，他深摯地說：

「如果真的沒有什麼就少少的吃一點——來，」他挾了一些菜到她的碗裏：「吃吧，妳要不要我替妳倒一杯開水？」

她厭煩地搖搖頭，痛苦地嚷起來：

「你別管我好不好！」

「妳……！」他愣住了。

「我沒什麼，」她緩和而歉疚地說：「你們吃吧，我到房裏去歇歇。」

王先生跟著太太一起站起來，但他並不跟著她到房裏去。他了解她的脾氣，所以當他目送她入房之後，重新坐下來，拿起碗筷。

「妳吃妳的，」他向女兒說：「小孩子不要管大人的事！」

從母親出來做午飯開始，小燕便覺得母親今天很奇怪：平常她不是這樣的，慈愛、和靄，而今天卻變成這樣冷酷，像是生誰的氣。她想，也許是因為劉伯伯這件事吧！現在，她吃了兩口飯，偷窺著父親，她實在忍不住了，於是，她低聲向神情沉肅的父親說：

「爸……！」

「吃飯，」父親警告道：「媽媽身體不舒服，知道嗎！」

「我知道媽媽為什麼不舒服！」她認真地補充了一句：「早上，我……。」

「噓！小孩子吃飯的時候不許說話——吃，快點吃！」

王太太在臥房裏，她坐在床邊，埋下頭。她已經不想再哭了，她只覺得混亂，像是自己正雜在騷亂的人羣裏，而不知道自己正要到那兒去。

就是這種感覺。七年前她也同樣感受過，她絕望，無助，彷彿已經被整個世界遺棄……。但，目前問題並不在是否被遺棄——她甚至希望這個世界真能夠將她遺棄，而是她將要被發現——她的丈夫、家庭、這個區域的人——發現她的醜惡和始終隱瞞著的秘密。她的丈夫可能因而趕走她，人們可能用一種鄙夷的眼色望她，用刻毒的話來詛咒她，而女兒——她一想到小燕，便渾身顫慄起來……。

現在，她聽到他們父女兩人在外面低聲說話，然後輕輕地收拾餐具……。

她緩緩地抬起頭，傾聽著。

「一定要把所有的事情全部告訴他！」她重複著這個決定：「我一定要告訴他！即使他聽了馬上將我趕走，我也要告訴他！」

她知道『野狼』既然回來了，他絕對不會放過她；他會把事情弄得不可收拾。她知道，他就是那種人。她曾經思考過，如果自己不先將事情向丈夫坦白的話她便要失去他，和這個幸福溫暖家庭了。因為事後的解釋往往被認為掩飾之詞，反而將事情搞得更壞。

她忽然覺得自己連半分鐘都忍受不住了。「守仁，」她顫聲喊道：「守仁！」王先生在廚房裏應著，然後慌慌張張地走進房裏來。他用圍裙擦乾了手，憐愛地望著她。

「你怎麼不靠下來呢？」

她推開他的手，痛苦地說：「我沒有什麼，我不是說我沒有什麼嗎？」

「那麼妳叫我，是……！」

「我……！」她要說，但無法說出口。

「躺下來吧，」他再過去扶著她，溫和地勸慰道：「你不知道，你真的累了！來，躺下來。」

她無可奈何地依從著他。

「我給妳燒稀飯，」他繼續說：「今天是小燕的生日，照規矩做媽媽是應該休息一天的。」

她感動地勉強露出一絲笑意，當丈夫正要離開時，她連忙捉住他的手。

「守仁！」她深情地喊道。

「我要告訴你一件事情！」她急切地說。

「什，什麼事？」他惶惑地在床邊坐下來。

他不解地注視著她。「我知道，你累了！」他說。

「你不知道，你一點也不知道！」她嚷道：「我一定要馬上告訴你，要不然……！」

他像一個已經診明病人症候的醫生似的，認真地摸摸她的額角，然後慎重其事地說：

「玉蘭，你聽我說，你有一點發燒，不要緊的，躺一會兒就好了！」他制止她插嘴：「我一定聽你說，不過，現在你不舒服，我還得到辦公室去請個假——妳忘啦，我還得買禮物給小燕呢！就這樣，我回來你再告訴我……。」

「守仁！」她掙扎地喊道。

他溫柔地用手蒙著她的口，說：「好，我出去讓妳睡。稀飯好了，我叫小燕給妳端進來。」

她要說話，但，他已經輕步走出房間了。等到紙門再被拉上，她軟弱地又哭泣起來；為了不讓自己哭出聲音，她咬著手指，將頭埋在枕頭裏。

外面，王先生安排好了廚房裏的事，再三叮囑小燕照顧母親，然後挾著皮包到辦公室去。

小燕很樂於做這種事情，因為她從來沒有這種機會像一個大人似的做過這類事。所以當稀飯煮好了，她按照父親吩咐，將稀飯盛在碗裏，連同下飯鹹菜一起放上托盤，然後大模大樣地端進母親的房裏。

但，她失望了。母親對她只淡淡地誇讚了一句，便對她說：

「乖乖的，出去玩。媽媽休息一下。」

小燕走出房間，一個人坐在大籐椅上生悶氣，她想不出今天媽媽不喜歡她的原因。

忽然，她覺得她應該將這件事去告訴她的朋友，於是她偷偷地鑽出竹籬，到對面的廢屋去。

十

小燕剛踏進那堵頹牆，便發現『野狼』神情沉鬱地坐在幾塊磚頭上。她的驚異是難免的，因為她曾經親眼看見他已經走掉了。現在，她正想喊他一聲劉伯伯，但，忽然想起母親今天生氣，完全是為了他，所以她故意把嘴一嘟，頭一撇，認真地說：「我不理你了！」

洪俊其實並不在乎這個小女孩子理不理他的，除了那個急於要解決的問題，他已經無心注意任何事情。他看了看錶，時間還不到一點鐘，距離那隻『番薯』可能去上班的時間還有整整一個鐘頭。

小燕到牆根下面去，把她的小朋友從磚洞裏取出來。劉伯伯的悶聲不響使她覺得奇怪，她以為他會先和自己說話的，於是，她偷偷地回頭去瞟他一眼，發覺他正注視著自己。

「我不理你了，」她一邊逗著小麻雀，一邊喃喃地說：「我叫我的朋友也不理你，——你是個壞人！」

「壞人？」『野狼』不自覺地問。

「嗯，最壞最壞的壞人，比大寶他們都壞！」洪俊聳聳肩膀，笑了。他想，反正還有一個鐘頭，和這個小女孩子談談天也是消磨時間的好辦法，而且他本來就很喜歡她的。於是他將磚頭移近她。

「妳說，」他問：「我什麼地方比大寶都壞？」

「我不高興說！」

「哦，我知道了！」他故意逗她。

「你不知道！」她不服地嚷道：「連爸爸都不知道，爸爸還以為媽媽生病呢——哼！」他一時聽不懂她說些什麼，但也無意深究。他說：「妳是不是因為我沒有等妳出來我就走掉了？」

這個時候，小燕才發現那隻會叫的大洋娃娃和那雙小芭蕾鞋並沒有在他的手上。於是，她急切地問：

「咦，你給我的東西呢？」

「我放在家裏了。」

她生氣地扭開頭。

小燕這種失望的神情和生氣的樣子，使洪俊發生一種歉然的感覺，因為他是有心送給她的，他知道她現在為什麼生自己的氣。

「妳生我的氣了，是不是？」他溫和地解釋道：「我在這兒等了妳好半天啦！你根本就沒出來，我又有什麼辦法呢？而我自己又有事情要去辦，所以就帶回家去了。」

她不響。雖然她也知道，他說的都是實情，而且她還親眼望著他走的，但，她仍然生他的氣。她覺得，他應該將那些東西留在這兒給她。

「你媽媽答應讓你去拿了？」他問。

小燕慢慢地回頭去望他一眼，他發覺她的大眼眸裏蘊滿了瑩亮的淚水。

「我不理你了！」她痞啞地重複著。

洪俊緩和地向她笑笑。他伸手去摸她的頭，她急急地甩開他的手。

「別氣嘛！」他笑著說。「……」

「你要，我還可以回去給你拿來的呀！」

她不信任地抬頭望望他，然後說：

「你騙人！」

「誰騙你！」他認真地喊道：「我隨時都可以給你拿來，我要這些東西幹什麼？」

她靦腆地笑了。

「那麼你去拿！」

「現在就去？」他問。隨即想起了自己的事情，於是看了看錶——一點十分，還有五十分鐘。突然，他接觸到這個小女孩的凝視，他明白她心裏想些什麼。

「我先問你，」他問：「你不是說要問過媽媽才要嗎？」

「我問過了。」小燕傷心地低了頭。

「她怎麼說？不答應？」

「嗯，媽媽還生小燕的氣，說你是個壞人！」最後這句話是她自己加上去的。她想，大概這就是母親發脾氣的原因吧？她不能確定，於是好奇地問：

「你是不是壞人呢？」

『野狼』有點啼笑皆非。他咬咬牙齒，肯定地說：

「嗯，我是一個壞人——最壞最壞最壞的壞人！」

「你有沒有拐過小孩子拿去賣？呃，賣給瞎眼睛的叫化子，去討飯！」

「這是誰告訴妳的？」

「大寶他們，你拐過沒有？」

「騙過！」他故意裝出一種大人時常用來恐嚇小孩子的聲調說：「我拐過好多好多！我看那一個小孩子長得漂亮，我就……」

小燕尖聲笑起來。「你不相信？」他問。

「你騙人！你不像！」她天真地回答：「大寶說，拐小孩子的人，身上都背著一隻大麻袋！」

「我也有，我今天忘了帶出來了！」

「哼！」她皺皺鼻子。

「那麼你說我是幹什麼的？」「我怎麼知道你是幹什麼的呢！」她伶俐地回答。

半晌，她接著問：「劉伯伯，你是幹什麼的？」

「我什麼也不幹。」『野狼』又看了看錶。「我是找人！」

「找什麼人？」

他望著她的眼睛，他發覺那裏面有一種奇怪的光澤，使他感到異常困惑，但他不明白——甚至分不清她的眼睛和別的小女孩的有什麼不同的地方。他吁了一口氣，淡淡地說：

「找一個女人！」

她像是發現了什麼秘密似的，突然笑起來了。

「劉伯伯，羞羞羞！」她用手指劃著自己的臉，嚷道：「劉伯伯，不要臉！」

他也笑了，他記起自己小的時候，也認為和女孩子在一起是件可恥的事情。

「有什麼好羞，」他說：「劉伯伯已經是大人啦！等到妳長大了還不是一樣的要去找男人。」

「哼！我才不找呢。」

洪俊不再和她辯下去；但她卻接住原先的話題。

「劉伯伯為什麼還不去找？」小燕童心地問。

「等一等，時間還沒有到。」

「在這裏等？」

「她就住在對面的巷子裏。」

「……」她想了想。「是那一條巷子？」

「這邊數過去，第二條。」

「我們家也在第二條呀！」小燕興奮地喊道。

『野狼』以為小燕一定把方向弄錯了，因為早上他曾經親眼看見她走進第一條巷子的，只是他並沒有看見她從籬邊鑽進去而已。

「劉伯伯是不是要找張媽媽？」小女孩接著問。

「不是。」『野狼』搖搖頭，他記得二十二號的戶長名牌是姓王。

「是李媽媽？哦——」她頓一頓，然後詭譎地叫道：「劉伯伯一定是要找李姐姐，對了吧？」

他摸摸她的頭。忽然想到一個主意，他想：這個新村可能是屬於一個機關的，這個女孩子一定熟識其中的每一家；雖然自己已經找到了廿二號，但他不相信剛才碰到的那隻『番薯』就是玉蘭的丈夫——如果能夠從她的口中得到一些關於她的資料的話，豈不是更便於進行自己的計劃嗎？打定主意，他便掏出一隻破舊的小皮夾，將一張已經發黃的小照片取出來。

這張照片是他在七年前和他的愛人——玉蘭拍攝的，他們緊靠著，嘴上流露出那種幸福的笑意。他注視了片刻，然後用姆指蓋著照片上的自己，然後遞到小燕的面前去。

「妳認不認識這個人？」他問。

小燕低頭審視著這張模糊褪色的照片，驀然，她大聲叫起來：

「啊，那是我的媽媽嘛！」

「妳的媽媽？」『野狼』重複地唸著，小燕用力搖他的手臂時，他才發現照片已經拿在她的手裏了。

「那不是你嗎？劉伯伯！」小女孩子注視著被這意外的事情所困擾的洪俊，快活地說：「是你和我的媽媽一起拍的呀！」

他粗暴地一把從她的手裏奪回那張照片，眼睛瞪瞪地望著她的臉。他有一種奇怪的厭惡的感覺。

但，在小燕的心中，她卻為這奇蹟興奮得發狂，她幾乎是用盡自己的聲音和動作來表示自己的驚喜。她想：母親禁止她和劉伯伯在一起玩，那是因為不熟識的緣故，而現在劉伯伯竟然就是媽媽的朋友——一定是很好的朋友，還和媽媽在一起拍照片呢！那麼，那雙芭蕾舞鞋和那隻會叫的大洋娃娃……。

「劉伯伯是媽媽的朋友呀！」她快樂地喊道。

「嗯，」『野狼』咬咬牙齒，生硬地說：「是朋友。」

「是老朋友？」

「老到要化灰了！」

她聽不懂他這句話。化灰是什麼意思呢——大概不是什麼好意思，因為她覺得他像是不大開心似的。

『野狼』望望照片，目光又回到小女孩的臉上。

「妳沒有看錯吧？」他忽然低促地問：「她真的是妳媽媽？」

「當然是真的啦！劉伯伯沒覺得我像我媽媽？」

現在，他開始從她的臉上找到那個曾經使他困惑的原因了，她十分像玉蘭，尤其是她的眼睛；可是，突然他又覺得這是心理作用，因為他又覺得她有許多地方和那隻『番薯』相似。為了急於要得到芭蕾舞鞋和那隻大洋娃娃，小燕連忙放好那隻小麻雀，站起來。

「劉伯伯不是說要找我的媽媽嗎？」她說：「媽媽現在就在家裏呀——我帶劉伯伯去！」

洪俊並沒有馬上站起來。他看看錶，還有二十分鐘。

「等一等，」他含糊地說：「現在去，有點……呃——還是呆一會兒再去好了。」

「為什麼呢？只有媽媽一個人在家呀！」

「只有一個人在家？」

「爸爸早就去上班啦！」

「什麼時候？」

「爸爸走了，我才到這邊來玩的。」

『野狼』摸摸下巴，落入一個新的意念裏。

「走嘛，劉伯伯，」小燕拉著他的手，僵促道：「現在去嘛！媽媽看見劉伯伯，一定高興死了！」

他胸有成竹地站了起來。

「走吧。」他拉著她的手說。當他們剛走出頹牆，他忽然裝作想起什麼似的。

「噢！」他停下來說：「妳忘記了嗎？」

「忘記什麼？」她仰起頭，不解地問。

「怎麼，妳不要啦——妳的跳舞鞋和洋娃娃？」

「啊……！」

「這樣吧，」他提議說：「我們現在先到我家去拿，然後再回來。」

「我也要去嗎？」

「怕什麼？到劉伯伯家去，妳媽媽絕不會罵妳的！」

「對了，」她欣幸地接著他的話：「那些東西是劉伯伯送給我的。媽媽也會答應小燕的。劉伯伯認不認識我的爸爸？我爸爸叫做王守仁！」

「認識，」他隨口回答：「我當然認識。」

「哦，那麼爸爸下班回來了一定要留劉伯伯吃飯。今天是小燕的生日呀！」

「那好極了，」『野狼』露出那種狡猾的笑意。「我就說那些東西是送給妳的生日禮物——我們走吧！」

他們開始走起來，在街角，小燕忽然問道：「劉伯伯，怎麼我以前從來沒有看見過你呢？」

「我看見你的時候，妳還小得很呢！」

「……」她笑了：「爸爸說小燕小的時候，比現在好看。」

「唔，是的。那個時候妳的牙齒還沒有缺——啊，不對！妳那個時候牙齒還沒有長出來呢！」

她急速地跨著步子。心裏在幻想著：當自己連牙齒都沒有長出來時是什麼樣子。她記得曾經跟著媽媽到周阿姨家去看她的小寶寶，也是沒有牙齒的；不過，那個小寶寶是男孩子……。

「後來劉伯伯到那裏去了呢？」

「劉伯伯去了外埠。」

「是不是台北？」

「嗯，台北。」他想，她怎麼會有這許多問題。

「劉伯伯是不是去出差？爸爸時常要到台北去出差的，回來的時候，就買好多東西送給媽媽和小燕。呃，上一次，爸爸還買了一隻小盒子送給媽媽，蓋子打開，裏面還會彈琴呢——劉伯伯有沒有買？」

他煩燥地回答：「我沒有什麼劉媽媽，我不是去出差！」

「哦，那麼劉伯伯是在台北做生意？」

「隨便妳怎麼說吧！」洪俊決意不再回答她的話。但小燕卻仍然以她那種過份偷悅的心情，喋喋不休地繼續著自己的話，並不是一定要他回答。

……

就在『野狼』帶著小燕快要到達『鳳凰公共食堂』時，張主任家的下女拖著木屐，急急忙忙地從邊門跑到巷口王家來。

「王太太，」她在門口大聲喊道：「妳的電話啦！」

外面叫了好幾聲，躲在臥房裏飲泣的王太太，才從那深沉而痛苦的回憶中甦醒過來，她隔著窗子回答了阿金，然後到鏡子前面去抹乾淚痕。當她走下玄關，準備到張家去接聽電話時，她忽然劇烈地震顫了一下。

「會不會是他打來的電話？」她畏怯地摸著玄關的踏板，頹然坐下來。但只是愣了那麼一下，她便發現這完全是自己過度緊張，而且太多了。

「他怎麼會知道用張主任家的電話呢？」她寬慰著自己：「除了守仁，還會是誰！」

於是，她連忙跑到巷子中段的張家去。

她淡淡地向坐在籐椅上做針線的張太太招呼了一下，便避開了對方的視線；她低著頭，儘量不讓她看見自己那因哭泣而變得浮腫的眼睛。

她拿起掛在牆角上的聽筒，又自然而然地偏過頭來偷窺張太太一眼。她發覺女主人正注視著自己。

「喂！」她瘖啞地向話筒喊道。

「妳是誰呀？」她聽見丈夫那種緊張的聲音：「哦，妳是不是玉蘭？」

「嗯。」她低弱地應著，極力仰制自己的眼淚。她不知道為什麼丈夫的聲音會使她這樣感動。

「妳舒服一點了吧？」

「……」

「喂，妳怎麼啦？」

「……」

「喂！喂！」他拍著電話機。「喂！玉蘭！」

「我在聽著，你有什麼話就說嘛！」「哦，妳已經好了嗎？」

「已經好了。」

她聽到丈夫的笑聲了。

「我要問妳一件事。」他快活地說。

「什麼事？」她驟然緊張起來。

「妳自己肚子裏的事！」

「我，——啊……！」完了！她想：洪俊一定找到他那兒去了。

「喂，怎麼不說話呀？」

「你要我說什麼？」她忽然對他那種含有挑釁意味的聲音感到憎惡，她冷冷地補充道：「你是不是要我向你坦白出來？」

「坦白？你怎麼啦！我……我只不過想問問妳。」

現在，一切痛苦、畏怯和疑慮完全離開她了，她覺得自己就應該這樣——事情反正要被揭穿。

「問我！」她生澀地說：「你即然已經知道了……。」

「我知道？我這樣猜就是了。妳，妳……那麼妳說這事情是真的啦？」

「當然是真的！我現在用不著再騙你！」她沉肅地等待著，她以為接著她所聽到的，將是一種難入耳的譏諷和詛咒。可是，竟然出乎她的意料，王先生卻發笑起來。她恨透了他這種笑聲！

「妳怎麼不早點告訴我呢？」她奇怪他的聲調怎麼會這樣柔和？這樣溫暖？

「我中午就要告訴你的，可是你不肯聽。」她低弱地解釋道。她想：丈夫既然心平氣和地和自己談，那麼自己總該坦率一點。

「這，這怪我不好！其實，妳可以早點告訴我的！」

「事先我怎麼會知道呢？我本來打算永遠瞞著你……。」

「妳真是，我遲早總要曉得的呀！」

「嗯，我知道，我對不起你。」她困難地說：「不過，要是他今天早上不來……。」「照規矩，妳的，不是上個禮拜就已經……來了……。」

「你說些什麼呀？」

「我在問妳呀！你都把我搞糊塗了——妳剛才說什麼不來？」

「我……！」

他們在電話裏至少停了半分鐘，王太太才聽見自己的丈夫用一種困惑的語調問道：

「是不是肚子裏又有了？」

「啊，你說的是這個！」她鬆下一口氣，隨即變得有點手足無措起來。她對著話筒，激動得說不出半句話：「我……我，啊——怎麼說呢！」

「是不是有了？」

「沒有！沒有！」她惶亂地貼近話筒，一邊抹著嘴邊的淚水：「不過，我還是要把那件事情告訴你，我一定要告訴你！」

「什麼事？」

「關於我自己的事，你一點也不知道……！」她失神地喊道。這個時候，她才發現張太太已經站在她的身邊。

「王太太，妳怎麼啦！」張太太關切地扶著她。

「謝謝妳，我沒……沒什麼。」她感激地向張太太點點頭，然後繼續對著話筒說：

「守仁，不管怎麼樣，我絕對要告訴你！完完全全告訴你……。」

「就在電話裏說嗎？」

「嗯，就是現在！現在我……。」

「好，我一定聽，」他打斷了她的話：「妳大概有點發燒吧？」

「我很好！我就是要把整個事情告訴你！」

「那麼我馬上就回來！」他說：「我還有一點點小事，辦完了就回來聽妳說。」

「不！我要你現在聽，你聽呀！」她軟弱地喊著。

「玉蘭，我聽。不過妳也要聽我的，」王先生在電話裏溫和地勸慰道：「我知道，妳身體一定不舒服，我忍耐一點，我馬上就回來——好，就這樣！」

她還要說話，但對方已經將電話掛斷了。她猶豫了一下，才將筒聽掛回話機上去。

她呆鈍地回轉身來，張太太疑慮地低聲問：

「妳身體不舒服吧？」看見她沒有答話，於是，她接著說：「我送妳回去，妳得好好地休息一下。」

她謝了她，而且堅持著不讓張太太送她回去。張太太發覺她的神情和聲調有點反常，因此也不願勉強她，只好讓她獨自回去。

十一

當『野狼』帶著那個問題比誰都多的小孩，來到『鳳凰公共食堂』的時候，店裏已經聚集了好些人。這些人全是他當年的舊友、拜把子兄弟、或者是部屬；在這些人當中除了幾個好吃懶做的傢伙，仍在那些下流區域鬼混之外，他們大多數都已經洗手不幹了。現在，他們有些在勤謹地經營著小本買賣，有些在規規矩矩地替別人做事，有些已經成家立業，而且已經兒女成羣了。他們是難得像今天這樣聚在一起的，他們整天為著生活奔忙，偶爾在路上見面了，頂多也不過略為寒喧幾句而已。說實在話，他們恥於提及——甚至想起以往那種終日惶惶不安的生涯，因為他們已經真正的體會到生活的真義了，他們是那麼誠篤的渴求著安定，渴求從這種新的生活中找尋出一種振作自己的力量。所以，這可以說，他們現在聚在這兒，除了希望見洪俊——這個在某些地方還算個義氣的老朋友之外，別無所圖。但如果一定要往壞的那一面去想，那麼他們的到來，毋寧是被迫的。當那個在食堂裏幫閒的漢子，挨家挨戶地去將這個消息通知他們時，為了避免日後的麻煩，他們不得不趕來敷衍一下。他們熟知『野狼』的脾氣，而且那個漢子——『黑仔』曾經向他們略為透露『野狼』要東山再起的消息，所以他們更不敢惹怒他。

現在，看見洪俊帶著一個小孩子走進來，『黑仔』連忙迎上去，邀功地說：「大哥，我把他們都找來了！」

『野狼』向那十幾個誠惶誠恐地裝著笑臉的漢子們掃了一眼，他滿意了，因為這就證明台中仍是他的。所以當他們圍上來和他寒喧的時候，他完全擺出一副『大哥』的姿態。他很想問問他們，現在台中是那一幫的？頭兒是誰？他得先作個準備。但，他又想到：目前玉蘭這件事還沒有解決，他不應該分了心，因為這件事對於他來說，也是同樣的重要的。

他忽然發現銀鳳在用一種怒忿的目光盯著他。她倚著內屋的門檻，像是不願意向他走過來。他回過頭簡短地回答他們提出的閒話。小燕拉著他的手，莫名其妙地靠在他的身邊；四週全是腿，像一堵圍牆，她什麼也看不見。

她拉拉他的手，他偏下頭。他們才注意到她。

她示意要他躬下身子，然後貼近他耳朵問道：

「劉伯伯，這是什麼地方？」他也學著她的樣子，在她的耳邊低聲說：

「這就是我的家呀！」

她放心了。她覺得劉伯伯家的客人真多，比自己家裏還多。『野狼』直起身子，笑著向他的『兄弟們』說：

「你們隨便坐，我進去一下。」說著，她拉著小燕向內門走去。當他經過銀鳳的身邊時，他故意不去理會她。

她愣了一下，當她發現那個叫作『臭魚』的老頭子正以一種疑慮的眼色望著自己，她才返身跟入內屋去。

她走入自己的房間，看見『野狼』正從榻上將那隻大洋娃娃和那雙小舞鞋拿給小燕。

這個小女孩是誰呢？她心中升起一種強烈的難以抑制的嫉妒；她想起自己問他這些東西是否送給她時，他表露的那副鄙夷的神氣。

現在，他就是用這種神氣斜睨著她。小燕急急地脫掉鞋子，爬到榻上去。

「劉伯伯，」她一邊拆開小舞鞋互纏著的帶子，一邊說：「你沒有看見過我跳舞吧？我現在就跳給你看——我要試一試鞋子的大小！」

銀鳳的目光從小女孩回到洪俊的臉上。他冷冷地笑了笑，然後用那種令她不耐的聲音說：

「小燕，」等到小女孩抬起頭，他才繼續說下去：「這位是阿姨，叫一聲阿姨！」

「阿姨！」小燕喊道。但接著她問：「阿姨怎麼沒有姓的呀？」

「誰說沒有？」洪俊狡黠地回答：「媽媽沒有給妳說過嗎？她就是銀鳳阿姨呀！」

以後，他們說了些什麼，銀鳳連半句也沒聽到。她只感到眼一前一片昏黑，而自己卻似正置身於一間其大無比的空屋子裏，那種感覺是那麼的孤獨，像是永遠不會有人到這間屋子裏來的。

「她就是玉蘭的女兒！」她在心裏面低聲喊道：「他們已經見面了，什麼都圓滿解決了！從此，他和以前一樣，仍然是玉蘭的——啊，這怎麼可能呢！」

她不能忍受，她要發作。可是，她仍然靜靜地站在門邊，呆呆地望著他們。

「鞋子合穿嗎？」她聽見他向小孩溫存地問。

「正好！」小燕舉起她的右腳，快活地回答：「好像是訂做的一樣！」

銀鳳忽然想起：這雙小舞鞋和那隻大洋娃娃，是在他到玉蘭那裏去之前就有的，那麼，他怎麼會知道，玉蘭已經有了孩子？如果已經知道了，那麼他為什麼要向自己逼問她的地址？而且，照目前的情形看來，他們的重逢一定是非常的愉快的，要不然玉蘭怎麼會讓他帶她的女兒出來？

她像是漸漸地明白過來了。

「一定的，」她向自己說：「他在捉弄我！就像貓吃老鼠之前捉弄那隻可憐的老鼠一樣——我就是那隻老鼠！」

了解自己的處境，以及『野狼』這次回來復仇的意念，她反而變得鎮定而安詳了。

「死，算得了什麼！」她想：「只有一回而已！如果他和玉蘭真的……那麼我寧願死掉！這怪不了誰，誰叫妳那年出賣了他！」

小燕已經穿好了小舞鞋，站起來了。她不想看她跳的是什麼舞，於是，她平靜地向『野狼』說：

「你真有一手！怎麼不把玉蘭也一起帶來呀？」

洪俊用眼色阻止她說下去，同時，他過去捏著她的手臂，示意要她和自己一起出去。

「劉伯伯，」小燕在榻上喊道：「你不是要看我跳舞的嗎？」

『野狼』從門口回轉頭。

「好，我一定看，」他說：「妳在這兒等一等，劉伯伯和銀鳳阿姨到外面說幾句話，馬上就回來！」

沒讓小燕接著銀鳳走出房門，同時隨手帶上門鍵。

她注視著他這個動作，驟然醒悟過來。

「你要幹什麼？」她困惑地問。

「沒什麼呀！」『野狼』平淡地笑笑，露出他那排潔白的牙齒。然後補充道：「我只不過帶她來玩玩——妳不認識她？」

「我不認識！不過我知道她就是玉蘭的女兒！」

「嗯，不錯，是有點像玉蘭。」突然，他捉住她的手，正色地說，聲音中有一種特殊的成份使她寒慄：「我現在就到她那兒去，她，」他向房門偏偏頭。「我就交給妳啦！」

她驀地一驚。現在，她完全明白他的鬼主意了。

「哦！」她連忙攔住他：「你要利用她的女兒來要挾她？」

「這個辦法不好嗎？」他低聲問。

「好，那是你好！」她不以為然地叫道：「而我倒要陪你受罪！」

「妳受什麼罪！」

「這是犯法的事情呀！」她憤怒地接下去：「我告訴你，犯法的事情我不能幹！要幹你自己幹！」

「犯法的事情妳不幹，」洪俊一個又一個字地吐出來，然後他以一種調侃的口吻說：「現在妳可真清白呀，居然還分得出什麼犯法不犯法了！」

銀鳳沒有放過這個能說服他的希望，能使他回心轉意的機會。現在，她溫柔而委婉地用一種深情的聲調說：

「洪俊，你剛出來，也許還不知道，今天台灣和以前不同了！你別以為他們都來了是有什麼意思，現在他們和我一樣，都在規規矩矩地做生意；只有那些沒有出息的懶蟲，才在外面鬼混……。」

「妳少教訓我！」他惱怒地打斷她的話：「對！不錯！這事情犯法！不過，我告訴妳，要是我沒有好日子過，那麼妳也休想舒服！」他逼近她，壓下聲音威嚇：「現在我沒有功夫聽妳的，妳識相的話，得好好地給我看住她，要不然，我跟妳那筆賬可麻煩了！」

把話說完，『野狼』粗暴地推開銀鳳，走出店堂外面去。

那些人重新從凳子上站起來，中斷了他們正在相互的低語，朝著他裝出一種謙和而馴服的笑意。

『野狼』顯出了做大哥的威儀，故作持重地向他們表示自己有要緊的事，得出去一趟。「不過，」他補充道：「你們一個都不能走，我馬上就要回來的——今兒晚上，咱們得好好地聚聚。就在這兒，算我的！」

為了表現自己的忠誠，『黑仔』連忙接住洪俊的話：

「這怎麼可以呢？」他向那些人掃了一眼：「大哥回來，應該由我們做兄弟的替大哥洗塵才對呀！」

那些『兄弟們』當然對這個提議表示贊同，但，『大哥』卻擺擺手，讓他們靜下來，他才開始用那種含有特殊意味的聲調說：

「這不行！還是我做東道。因為你們現在都是規規矩矩的好人，」他頓了頓，嘴裏露出一絲冷酷的輕笑：「做規規矩矩的好人，賺錢就不容易；所以，還是算我的，我的錢容易來，也容易去，不要緊！總之，要是有那一天，我『野狼』實在過不去了，那麼我再讓你們破費好了！」

緘默著，大家都沒有說話，直至『野狼』走掉了，他們還在思索著『野狼』這一番話所留下來的困擾和威脅。當他們突然發現銀鳳靠在門邊時，不禁微微地顫慄起來，因為她的神色陰鬱，預示著一件不幸的事情，已經是不能避免的，正向他們移近。

他們互相凝視著，但誰也沒有勇氣將心裏的話說出來。

十二

王太太已經將家中略為收拾了一下，緊閉著的窗帘也拉開了，正如她目前的心情一樣，坦然而明亮。丈夫的電話，無形中對她是一種莫大鼓勵，她覺得事情既然已經來了，便沒有退避的必要，其實畏縮也是事實無補的；總之，她捫心自問：自從嫁給王守仁之後，她克盡婦道，沒有半點對不起他的地方，這一點使她心安。至於婚前和洪俊的事，她現在想明白了，這是絕對不可能永遠隱瞞下去的。所以當她接完電話回來，便決心將這個秘密告訴自己的丈夫。為了要讓丈夫的心理上獲得自然而穩定的感覺，她得將家庭和自己裝得和以往的那些日子一般無二；她收拾好客廳，還特意用淡淡的脂粉抹去臉上的愁容，然後挾著那份激動的心情，坐在椅子上，一心一意地等候丈夫回來。

她計算著：丈夫離開辦公室的時間，腳部的速度（她知道即使是天大的事，他也不會坐車的），同時，她還替他預測路上可能的遲延……等到她預計的時間到了，丈夫還沒有回來，於是，她又替他找些理由，重新計算一次……

現在，門鈴響了，她慌忙地跑下玄關，向大門奔去。

「守仁，是你吧！」她一邊開門，一邊喊道。

「嗯！」她聽見丈夫的回答。

門打開了，她受驚嚇地「啊」了一聲，下意識地用手捉住自己的衣襟，退了兩步；她那隻瞳孔張大的眼睛，緊緊地盯著門外的那個人。

『野狼』站在門外，他的目光冷酷得如同永不溶解的冰塊，而神態卻像一頭偵伺著獵物的餓狼。

「王太太，」他低聲問：「我可以進來嗎？」

這種比自己的聲音更熟悉的聲音，撼醒了她，她顫抖起來。

「是你？」她軟弱地向命運拒抗著：「你怎麼可以來！你不能來！」

那僅存的一點笑意在他的嘴邊消失了，他輕輕地哼了一下，驕矜地跨進門，用一種機警的動作反手將大門扣上。

「我要來，誰也阻止不了！」他冷冷地說。

他向前走，她畏怯地退縮著；但，他並沒有逼近她，而是一直闖進屋子裏去。她變得更加緊張了，連忙跟在他的後面。

「你放了我吧！」她顫聲道：「你還找我幹什麼呢？」

他並沒有理會她，在玄關上停了停，便穿著鞋踏到榻榻米上去。他走到客廳的中央，用那種鄙夷而厭惡的眼色打量著屋子裏的陳設。

「佈置得真不錯呀！」他回過頭去望著昏亂地倚在紙門邊的玉蘭。

她盯著他，沒有說話，其實，她不知道該怎麼說才好。

「怎麼，」他挑釁地說：「七年不見了，不想找些話來跟我談談嗎？」

她遲滯地移動腳步，走近他，但到一個相當的距離時便停住了。

「洪俊，你叫我怎麼說呢？」她痛苦地低喊著：「我，總之，我對不起你！」

「對不起就算啦？」

「你要我怎麼辦呢？」

「那還不簡單，」『野狼』刁頑地說：「我在這兒等你丈夫回來，然後我們三頭六面的把這筆帳算算清楚……。」

「啊，不成，不成！」王太太急急地伸手去阻止，但隨即又將手收回時，軟弱無助地掩著自己的臉。因為她突然想到，丈夫馬上就要回來了。

他望著她，嘴角浮出一些冷酷的笑意。

「當然，我當然知道妳怕什麼！妳怕這件事情讓妳那個像蕃薯似的寶貝丈夫知道是不是？」他這種惡意的譏諷加深了她內心的不安；對於丈夫，她有犯罪的感覺。她分辯道：

「我並不是怕他知道！我早就打算將這件事情全部告訴他的！」她又抑制不住地哭泣起來：「所以，我求你先出去一下，他馬上就回來了……。」

「馬上就回來？」他惡聲地截斷她的話。

「嗯，他剛才打電話回來告訴我的。」她想了想，索性把心一橫。

「那不更好嗎！」他說：「我還怕自己沒有這份耐性等他回來呢！」

「不！不！」她發狂地走近他，哀求道：「我求你，你只要出去一下，讓我把事情告訴了他，你再來──到那個時候我隨便你怎麼做！」

「出去一下？哼，沒有那麼容易！」他被她的話激惱了，因為從她的語氣裏，他發現那個男人在她看來比誰都重要，至少比他更重要。他開始想到她的變節，她的負心，這些都是使他無法忍受下去的；尤其是當他從她的容顏上找到一些往昔的影子，引起一些片斷的、可愛的回憶時，他幾乎為之瘋狂。他是多麼熱愛她呀！記得自己在牢獄時，曾經被這些想念如何地折磨過？多少次夢醒後的輕喟和悵惘？而現在，這個女人，這個曾經答應和自己長相廝守的女人，竟然已經屬於另一個人了！非但如此，自己在她的心中居然失去了所有的價值，她並沒有因為他的歸來而興奮若狂，而擁抱痛哭；他所聽到的，再不是甜蜜的低語，以及那種溫婉的關懷……。

他注視著她，心中驟然升起一種強烈的、受騙的忿懣。他揑著拳，用力磨牙齒。

「妳知道我這次回來幹什麼？」他厲聲問。聲調中雜有輕微的，只有他自己才聽得出來的悲哀。

她無力地搖搖頭。

「第一是為妳！」他指著她：「第二才是報仇！」說著，他逼近她，變換了一種較為柔和的聲調說：「妳看妳在過一種什麼日子？住這種破房子！穿這種粗布衣服，吃也吃不好——妳說，有什麼使妳好留戀的！」

「是的，我們過的並不是什麼好日子，」她回答：「不過，這種日子很安穩，我坦白點說，我已經過慣了，而且，我的丈夫很愛我，我……。」

他極力抑制著。

「這樣說，好像我就不愛你？」他用一種難聽的聲音問。

「不！我不是這個意思！」她馬上更正自己的話：「你愛我，你比誰都愛我，我永遠不會忘記！」

「這就是啦，」他接住她的話：「以前我沒能夠讓妳過安穩的生活，完全是因為窮，而現在，妳不用擔這個心了，我有的是錢！」他急急地將衣袋裏的錢掏出來，遞給她看：「不是假的吧！」

「……」

「好，我絕對答應妳，」他繼續說：「從今天起，我一定讓妳過一種安穩的生活，什麼都不用愁！」

「……」她搖搖頭，困難地阻止他說下去：「你說的，我……我知道！我很感激你，不過……」

他睨望著她，讓她說下去。

「不過，」她軟弱地說：「我……我的確不能夠……。」

他的臉色驀然陰暗下來。

「什麼叫做不能夠？」他粗暴地嚷起來，突然伸手去拉著她：「走！跟我走！」

「洪俊，我求你饒了我！」她掙扎著一邊向後退縮。

「嚇！——你不肯走？」

「我求你！我求你！」她已經退到牆角了，她臉色慘白，渾身顫抖著。

『野狼』猛力推開她，順手摑了她一掌。

「不識抬舉的東西！」他痛惡地詛咒道。

她讓他打，沒有絲毫反抗，從她那雙孕含著熱淚的眼眸中，正有一種渴求著什麼的光澤在閃耀著，她懇切地說；

「你打我吧！罵我吧！可是請你可憐可憐我！」

「你這種忘恩負義的人還值得可憐嗎？」「是的，我忘恩負義，我不是你理想的那種女人，你現在自由了，又有錢，你可以再找一個比我更好的……。」

他冷冷地哼了一下。

「妳說得太簡單了！」他宣示道：「我告訴妳，就是我不要妳，我也不會讓你好過的——妳應該知道，我說出就做得到！」

她相信他說的話，於是重新又緊張起來。談判顯然是絕望了。她看了看大門，現在她真的希望自己的丈夫能夠馬上回來，雖然她也知道，他的回來，除了將這個場面弄得更惡劣更難堪之外，是無濟於事的，但，她仍然這樣企求著。

「是好是壞，至少這件事總可以解決吧！」她想。可是當她看見洪俊那雙不懷好意的眼睛裏那種異乎尋常的光輝時，她又覺得自己有這個義務去阻止一切不幸的發生，她不能放棄最後的一個機會。

「你說你愛我，難道你就不替我想想嗎？」她問。

「我替妳想什麼？」他不耐煩地叫道。

「我已經嫁人了，」她說：「我有家，有丈夫，而且還有一個女兒，他們……。」

「女兒！」『野狼』陡然獰惡地大聲笑起來；「妳還會有一個女兒嗎？她，她現在在我那兒吶！」

十三

小燕在銀鳳的房間裏。她已經等得不耐煩了，劉伯伯說是只出去一會兒，而且還聲明要看她跳舞的，可是等了好半天，仍然不見人影。她很想出去找他，但舞鞋脫起來很不方便；最後，銀鳳阿姨進來了。

銀鳳阿姨像是跟誰吵了架，不然就是害病了，她的臉色和媽媽的一樣難看，陰沉沉的。她走進來，便扣上房門，然後疲乞地在榻榻米上坐下來。

停了停，看見對方沒有理睬自己，小燕才喊道：

「銀鳳阿姨！」

銀鳳冷漠地回過頭去望望她。

「劉伯伯呢？」她問。

「誰是劉伯伯？」她反問。

「就是劉伯伯呀！」

她雖然仍想不明白，但她知道她所指的是洪俊。

「哦，妳叫他做劉伯伯？」

「銀鳳阿姨不叫他做劉伯伯嗎？」

「我，哼……」她不再說下去。她開始推想：洪俊一定是以『劉伯伯』這個身份找玉蘭去的，玉蘭的丈夫可能被他們的鬼話騙過去了，以後，他們會不會……。

「銀鳳阿姨，」小女孩的聲音打斷了她的思想：「劉伯伯到那裏去了？」

「他就在外面。」

「怎麼還不進來嘛，」小燕囁著嘴說：「他說他要看小燕跳舞的！」

銀鳳注視著她，她從她的眼睛、嘴唇、以及那略形削瘦的臉類上，微微地窺出一些玉蘭的地方。於是心中那份無法排遣的積怨，再加上『野狼』的冷酷無情，她發現自己將這種忿懣和妒恨轉移到這個小女孩的身上了。

「小妖精！」她在內心詛咒道：「就跟她媽媽一樣！」

想到小燕的媽媽，那些曾經漸漸淡忘而至死滅的記憶，驀然又那麼清晰的在她的腦子裏浮現出來，那些往事使她羞愧，使她心碎——她再度被那些事情所激動，而陷於那種無法抑制的瘋狂……！

「是的，是我去密告的，」她凜然向自己喊道：「我不後悔！即使他殺了我也絕不後悔！」

她重新又想起，當洪俊還沒有認識『那個小騷貨』之前，他是怎樣『愛』著自己？後來又怎樣利用自己？終於怎樣將自己拋棄……？

小燕望著突然沉默下來的銀鳳，又望望自己腳上的那雙和衣服同一顏色的緞子小舞鞋，於是又認真地宣示道：

「劉伯伯再不回來，我就不跳給他看了！」

銀鳳沒有回答，仍然沉耽於回憶裏。停了停，她又像是忍不住似地提議道：「銀鳳阿姨，我不跳給劉伯伯看，我跳給銀鳳阿姨看？」

她的目光無意義地停留在小燕的臉上，她聽不見小燕所說的話。甚至小燕起來開始跳一段她最得意的——就是上一次她穿著破了的舞鞋表演的那個節目——芭蕾舞時，她仍毫無所覺。

小燕踮起腳跟，用一種急促的而細碎的步子跳著，她的手柔軟得像兩條白色的小蛇；她帶著表情，笑著，甜蜜得像盛在小白瓷罐裏的麥芽糖，露出她嘴裏不整齊的小牙齒……。

但，她只跳了一小節，便驟然停下來了。因為銀鳳阿姨根本沒有注意她。她是要人家注意的，在家裏，如果爸爸或者媽媽在她說話時不看著她，她便故意不把話說完，同時還要裝作生氣的樣子。

現在，她索性跌坐下來，背著銀鳳阿姨。她以為，她一定會向她表示歉意，然後用許多好話要求她再跳一次的。可是，她等了好一陣，仍然沒有反應，再矜一會，她不得不回過頭來。

她發現銀鳳阿姨在怔怔地望著前面的牆，根本沒有注意到她。猶豫了一下，為了要使對方後悔，用一種急速的動作把舞鞋脫掉。她一邊向自己發誓：等一下不管銀鳳阿姨怎麼向她懇求，絕對不再跳給她看。

舞鞋脫掉了，銀鳳阿姨沒有任何反應，於是她生氣了，她拿過那大洋娃娃和跳舞鞋子，然後跳下高可及腰的平榻，再穿上自己的鞋子，然後過去開門。

房門是被扣著的，她用力拉開門扣的聲音驚醒了銀鳳。

「妳要幹什麼？」她連忙站起來，大聲問道。

「我要出去找劉伯伯！」小燕倔強地回答。

「不行！」她重又拉上門扣，用身體擋住門：「他要妳在這裏等他！」

「我不高興等！」她固執地說：「我要去找他！」

「找他？找妳的劉伯伯！」

「嗯，是我的劉伯伯，不是妳的——這裏是劉伯伯的家，等一下我告訴劉伯伯，說妳不給我出去！劉伯伯要罵妳！」

銀鳳忽然尖聲地笑起來了。

「劉伯伯！劉伯伯！」她正色地問小燕：「妳知道妳的劉伯伯是誰？」

「我當然知道！」小燕不甘示弱地回答：「劉伯伯是我媽媽的好朋友！」

銀鳳愣住了。

「她已經完全知道了？」她問自己。

「劉伯伯跟我媽媽拍過一張照片，」小燕炫耀地繼續說：「小燕看見了，那個時候媽媽比現在小，真漂亮啊——劉伯伯也比現在小，也漂亮！」

「哼！」銀鳳驀然激動起來，她有點昏亂地詛咒道：「妳媽媽！妳媽媽跟我一樣，是個下三濫的女人！」

小燕聽不懂什麼叫做『下三濫』，不過，她猜得出『下三濫』不是一句好話。於是，她急急地分辯：

「我媽媽不是！」

「不是！妳懂個屁！」銀鳳粗野地嚷道：「她是爛污女人！專門搶別人男人的爛污女人！她不要臉！」

「妳才是不要臉！」小燕反嘴。雖然她的聲音是那麼強硬，可是，她的眼淚已經流下來了，她有點害怕，因為面前這個女人像個瘋子一樣，緊緊地盯住她。

「對，我不要臉！」銀鳳譏誚地說：「可是我沒有搶過別人的男人，偷別人的男人！」

「妳偷別人的男人！」

等到她發覺這個小女孩已經被自己嚇哭了，銀鳳這才覺得自己的行為很可笑。

「她懂什麼呢？我跟她吵又有什麼用呢？」她斥責著自己。陡然，一個怪異的思想在她的心中掠過，她低喊起來：

「我還糊裏糊塗，在給他看守肉票啊！」

小燕咬著自己的手，啜泣著，她想大聲叫喊，但又害怕。她怯怯地凝望著銀鳳。

「反正他不會放過我的，」銀鳳堅定地向自己說：「妳還考慮什麼呢？放了她！讓他落了空，大家都得不到！」

打定了主意，她向小燕走過去。小燕退縮著。驚駭地叫起來了。她連忙伸出手，變換一種溫和的口吻說：

「別怕，妳聽我說：劉伯伯要把妳關在這裏，不放妳走！妳知道嗎？」

「不會！」小燕哽咽地說：「劉伯伯喜歡小燕，喏，劉伯伯還買這個洋娃娃跟跳舞鞋子給小燕……。」

「妳不懂，他不是妳的劉伯伯！」

「他是！他是！」

「哼！他是妳的爸爸！真正的爸爸！」

「不是！他不是小燕的爸爸！」小女孩急急地分辯道：「小燕的爸爸是王守仁，是科員，馬上就要升組長了！」

銀鳳知道自己不能說服這個小女孩的，為了使她信任自己，同時使她能早一點離開這個地方，於是，她隨即拉開門扣，把門打開。

「隨便妳信不信，」她向她說：「好！妳走吧，去找妳的劉伯伯吧——他已經到妳的家裏去了！」

「他一個人去了？」小燕急起來。

「去了好半天了——咦，妳怎麼不走呀！」

「我，我……」她囁嚅著：「我不敢回去！」

「我放了妳了，妳還怕甚麼呀？」

「爸爸說的，」她誠實地回答：「小孩子一個人不可過馬路，要當心車子！」

銀鳳略一思索，於是，平靜地說：

「好吧，我送妳回去！」

十四

儘管這位可憐的母親如何向『野狼』哀求，仍然絲毫打不動他的心。現在，他變得比剛才更心平氣和了，因為他以她的女兒為要挾，要她跟他一起走；他知道她是必然屈服的，他了解她，他知道她會怎麼做。

「別磨咕啦！」洪俊拖著聲調說：「我可沒有多少耐性啊！」

玉蘭呆鈍地瞪著他，眼淚已經枯竭了，她的嘴唇微微顫抖著，像是在抑制著什麼。

突然大門響了，她驚惶地回過頭。

「完了！」她在心裏低喊道：「守仁回來了！」

有人繼續在拍門。她發現洪俊那雙狡黠而不含善意的眼睛在盯著她。

「誰呀？」她咽下一口唾沫，顫聲問。

「太太，要蔴油花生醬嗎？」門外一個沙啞的聲音說。

「哦！」玉蘭深深地吁了一口氣，『野狼』也在冷笑了。她說：「不，不要了！」

門外響出輕輕的鈴聲，那個賣蔴油花生醬的山東老鄉推著他的腳踏車走出巷口了。他們同時回過頭。

她的心仍在激烈地跳動。她知道，丈夫馬上就要回來的，要是他現在回來了……

『野狼』窺透了她的心意，於是，挑釁地笑著說：

「我告訴妳，要是妳丈夫回來了，麻煩的可不是我啊！」

她要說話，但喉頭被什麼梗塞著，她痛苦地搖著頭。

「不！不能！」她終於迸出聲音：「你不能這樣做！你不能！你絕對不能！」他又暴躁起來了，他一手抓住她的臂，一邊拖，一邊嚷道：

「不能！你看我能不能！」她掙扎著，緊抱著門柱。

「洪俊，我求你放了我！」她絕望地喊道。

「走！少廢話！」

「你放了我，我告訴你一句話。」

「你說吧！」他粗暴地說，但仍緊緊地抓往她。

眼淚重又從那雙黯淡而美麗的眼裏流出來，她吃力地垂下頭，然後咬咬下唇，用一種低弱的聲音說：

「難道你就不為小燕想想嗎？」

「什麼意思？」

「妳知道她是誰？」她驀然悲憤地抬起頭，逼視著他。

「……」他為她那突如其來的意態所困惑了。

「哼！」她痛心地說：「我老實告訴你，她就是你自己的女兒！」

「我的女兒？」『野狼』的聲音像是在自語。

驀然，她被一種強烈的哀怨所掩蓋了，她又開始傷心地哭泣起來，眼淚裏孕滿了這些年來的想望、驚駭、等待、委屈和悲痛。她深情地注視著他，像是一線陽光清澈了他那緊閉的幽暗的靈魂。他不得不從她的眼睛中逃開，但，它們又馬上滙合在一起了。

「妳說小燕就是，就是我的女兒？」他又問。

她咬著那在顫抖的嘴唇點點頭。

現在，他告訴自己，他得需要一些時間重新考慮和衡量這件事情了，可是，他卻固執地、狐疑地盯著她。

「鬼話！」他幾乎是咆哮起來，因為他害怕這個事實。

「我知道你會這樣說的！」

「鬼話！」他重複著，開始在這個小小的空間轉動起來，一邊揮著他的手：「妳以為我會相信妳這些鬼話？哼，那一年，我給抓走的時候……。」

「我肚子裏已經有了。」她用冷靜的聲音截止他的話。

他回轉身，望著她，像是要從她的神色中證實她所說的話。

「但是，妳沒有告訴過我呀？」

「我打算在那天晚上告訴你的，」她說：「可是，我等了你整整一晚，你沒有回來。」

「我當然沒有回來啦！」他怪聲叫道。

「等到了第二天早上，我才得到消息。」

「……」

「後來，風聲很緊，他們說你所有的案子都翻出來了，最少也得判十五年。他們要我逃，說是要通緝我！你知道的，我一點點事情都害怕——你不是說過我不該在這個圈子裏混的嗎？」

「是的，我說過。」

「你說我該怎麼辦呢？他們只逼著我走，害怕我會連累他們，沒有一個人肯出來幫忙……」她軟弱地哽咽起來。

「渾蛋！那一批渾蛋！妳看我怎麼收拾他們！」

「後來，我就碰到他了。他是一個好人，老實人，他照顧我……。」

「結果妳就嫁給他了！」，

「難道你要別人知道小燕是野孩子嗎？」

「那麼他真的不知道？」他不快活地問道。

「我跟你說過，他是老實人，我說什麼他都相信。他還以為小燕真的不足月呢！」

『野狼』顯然被這件事情困擾了，他思索了一下，然後偷窺著她，最後，性格上的自私和橫蠻幫助了他，他忽然笑起來。

「那豈不是更好嗎？」他興奮地嚷道：「我非但有妳，還有一個女兒了！」

她驚慌起來。

「你不能說這種話！」她正色地說：「你沒有資格說這種話——你不是小燕的父親！」

「這是你說的！現在我不管，我一定要帶她走！我有權帶她走！」

「不能！你不能這樣做！」

「妳知道我說得到就做得到的！」他陰鬱地說：「我告訴妳，既然妳捨不得離開那隻蕃薯，那麼我也不勉強妳，我只要帶走我自己的女兒。」

他扭轉身，她急起來了，連忙過去攔阻他。

「洪俊，你不能這樣做！」

他冷酷地笑了，他的笑對她有一種使她懾服的魔力；但，她掙扎著，她嚴重地問道：

「難道你就不替你的女兒想想嗎？」

「想什麼？」

「她的前途！」她平靜地說，聲音像深秋的嚴霜：「她跟著你就沒有前途！這樣，你就不是愛她，是故意害她！」

「……」

「你說你配做她的父親嗎？」她繼續逼問：「你對她負過什麼責任？」

「我，我不懂這些！我只曉得……。」

「你只曉得你自己！」她注視著他，忽然覺得自己充滿勇氣。她喋喋地說下去：「你連自己女兒的前途幸福都不管！小燕在這個家裏，過的是什麼生活，你已經看見了。不錯，我們過得並不好，可是很安穩，很幸福；她爸爸——就是守仁，他愛她，可以說無微不至，嘘寒問暖，關心她的教育；當然，你可以傷他的心，說小燕不是他生的，可是我敢打賭，即使他知道了，他對她也不會兩樣。這點我不去管他，但，難道你忍心傷自己女兒的心，讓她知道這個愛她的從小將她撫養的人，不是她的爸爸——你，你說得出口嗎？」她緩和下來：「而且，就算你可以這樣做，你也不能給她一個家，過安穩的生活；她跟著你，你根本沒有這個環境和能力去教養她！了不起，幾年之後，在你們這個流氓世界裏，又多出一個『小燕』就是了！」

他的心，被一種他從未有過的情愫滲透了，但他不肯承認這是由於被她的話所感動：他反抗著，勉力抬起頭；他用那種駭人的神色瞪著她，他忽然覺得，她的形影、聲調、神態，完全和銀鳳以及那一羣渾蛋一樣——他突然想到『黑鼠』，到台南去做好人的『黑鼠』……！

「去做你們的好人吧！」他有點昏亂地大聲吼起來。

「去做你們的好人吧！」

他被他自己的聲音嚇住了。玉蘭惶恐地退後幾步，捏著自己的衣襟，終於頹然坐在地上痛哭起來……。

他愣著，一時失了主意。突然，他抬起頭，發現小燕抱著那隻大洋娃娃和那雙舞鞋，呆呆地站在通往廚房的門口，睜著她那雙困惑的大眼睛。

「媽！」她叫道，然後撲到母親的身上去。

玉蘭和洪俊同時為這個『奇蹟』怔住了，他們互相望望。驟然，她帶著那種含糊的呢喃，緊緊地擁抱著自己的女兒，發狂吻著女兒的臉。

「小燕，小燕，媽還以為妳不回來了！」

小燕幾乎被窒息了，她要掙脫母親的懷抱。

「媽！媽！」她急急地喊道：「妳放開嘛，我痛……。」

玉蘭這時才意識到要鬆開手。女兒看見母親滿臉淚痕，而且坐在榻榻米上，於是她不解地問。

「媽，妳哭什麼呀？」說著，她抬頭，望望臉色難看的劉伯伯。

「沒什麼，」母親勉強露出一絲苦笑，扶著背後的籐椅站起來：「沒什麼！」

「他就是劉伯伯呀！」小燕指著洪俊說，這時才想起手上的東西，於是，向母親懇求道：「喏，這是劉伯伯送給小燕的，媽說小燕可不可以要……！」

「可以，可以。」玉蘭隨口回答，但，她仍捉著女兒的手膀，彷彿提防著『野狼』，恐怕他會搶走她似的。

小燕快活地將大洋娃娃緊貼著自己的臉，一邊向默不作聲的洪俊說：「劉伯伯真不好，沒有等小燕！」

「妳是怎樣回來的？」『野狼』用沉悶的聲音問道。

母親隨即將女兒靠近自己。女兒天真地回答：

「銀鳳阿姨送小燕回來的！」

「銀鳳？」母親低喊著，同時抬頭用目光詢問『野狼』。

「她送妳回來？」他問。

「嗯，」她點點頭：「起先，銀鳳阿姨不肯給小燕走，小燕便跟她吵架！銀鳳阿姨最不好，小燕不喜歡銀鳳阿姨——哦，劉伯伯，」她認真地說：「銀鳳阿姨還說，劉伯伯才是小燕的爸爸呢！」

『野狼』發現玉蘭那雙驚惶而絕望的眼睛正盯著自己。

「劉伯伯，」小燕繼續問：「是不是真的？」

他猶豫著，望望小女孩，又望望這個正陷於極度昏亂中的可憐的母親；他忽然覺得自己十分軟弱，因為他已經無法堅持內心的那份執拗的意念了；他接觸到一種神奇的什麼，像是正浸潤著他，又像正從他的心靈中透發出來——這是什麼？它為什麼這樣感動著我呢？我為什麼不能將我要說的話說出來呢？

「你只要點點頭就夠了！」他向自己說。可是，他怔怔地注視著這個小女孩——自己的女兒。直至她再度詢問時，他才用一種像是並不是從他的喉管發出的，是另一個人的，充滿父性的仁慈和藹聲音說：

「不是，她跟妳開玩笑的，劉伯伯就是劉伯伯啊！」

「是呀！」小燕快活地嗲嗲嘴：「我跟銀鳳阿姨說，小燕的爸爸是王守仁！」

玉蘭深長地吁了一口氣，緩緩地睜開她那雙美麗的眼睛，透過那層瑩亮的淚光，有無限的感激和深切的愛情在溫柔地盪漾，在甜蜜地顫動……。

「他真是一個好人！」她在心裏說。

門鈴響起來了。

他們同時回過頭，疑慮地互相望望。

「爸爸回來了！」小燕叫著，向大門奔跑過去。

玉蘭和洪俊都沒有攔阻她，他們錯愕地站著，像是法庭上的兩個等待判決的罪犯。

接著，他們聽到小燕那種急促而繼續的聲音，她在向父親報告，家裏來了一個客人，大洋娃娃和小舞鞋是客人送的。

現在，王先生走進來了，他站在玄關下面，向他們望望。然後脫掉鞋子，走上來。他的手上，拿著一隻小小的——小得不能再小的布製玩偶，和一隻裝蛋糕的小紙盒。他有點靦腆不安地走近他們。

「這，這位，」他笑著問自己的太太：「這位是……。」

她愣著，不知該怎麼回答。

「爸，」小燕拉拉父親的衣角，說：「他就是劉伯伯，他是媽媽的老朋友，還有一張和媽媽一起拍的照片呢！」

「呃，我…！」『野狼』笨拙地解釋道：「我——說起來，我……應該是小燕的舅舅！呃，舅舅！」

「啊！」王先生興奮地喊道：「既然是親戚，你怎麼一直不來看看玉蘭呀！」他回頭看看太太，發覺她曾經哭過，於是，他寬慰地笑了。

「哭吧，」他想：「叫我，我也要哭的！」

「你不知道，」他又望著洪俊：「有你這樣一位闊親戚，她還始終不肯告訴我呢！」

「我剛從外埠回來。」洪俊說。

「哦，那就難怪了——坐呀，請坐呀！」他舉起手上的東西，解嘲地笑著說：「你看，我多糊塗，還捨不得放下來呢！小燕有了舅舅送給妳的，爸爸這一隻可以丟掉了！」

「我兩隻都要。」小燕從父親的手上將小布娃娃接過來，說：「它是它的妹妹，我要把它放在一起。」

「小孩子就是小孩子。」父親向客人說。

「是的。」

十五

不管『野狼』用什麼藉口推辭，王先生堅持著——幾乎是強迫著要他留下來，和他們一起吃小燕的生日晚飯。男主人是異常懇切的，惟恐這位闊親戚不肯賞臉；玉蘭雖然沒有說什麼話，但洪俊看出她也在挽留他，他熟識她那種不用嘴說出來的暗示；而且，小燕想出她自己的主意留下他，她藏起他的鞋子（後來脫下來的）。於是，他只好留下來了。

這頓晚飯，菜餚雖然並不怎麼豐盛，卻非常可口，他記得玉蘭原是烹調的能手，他曾經調侃過她：說這就是娘家最貴重的陪嫁。但，他的胃口很壞，他發覺和他對坐的玉蘭也一樣。她只是動動筷子，做一個樣子而已；而王先生──這隻愉快的大蕃薯，他近乎狼吞虎嚥地吃著，一邊滔滔不絕地找些話題和洪俊談論，同時分出一些時間來替小燕挾她愛吃的菜，矯正她的姿態。

「這傢伙真是婆婆媽媽！」『野狼』心裏說，不過，他又覺得並不使自己厭煩：「玉蘭沒騙我，他是非常愛護小燕的，我看得出！像他──這類人的腦子裏，除了上班下班，家，太太、孩子，除此之外，還想些別的什麼呢？」

他有意味地想了想，突然覺得一切都變得熟識起來了：彷彿他已經變成了一個安份守己的公務員，這是他的家，她們是他的妻女，而這位正在為解釋『假如用電氣孵雞籠孵小雞……』這一問題而興奮起來的男主人，卻變成他的妻舅……。

「他從外埠來，」他想：「很難得的，我們留他吃一頓晚飯，今天正巧是小燕的生日啊！」

小燕放下碗筷，同時謝過坐在餐桌上的人，然後要離開那把屬於她的高腳椅，他連忙去扶著她。

「自己去把臉擦擦。」他向小燕說，然後望著她走進廚房，他笑了，在這一瞬間，他的心靈中升起一縷使他酩酊的幸福……。

很久很久，他才從玉蘭那種關切的凝視中覺醒過來。

總算把這頓晚飯吃完了，他們讓他到客廳去坐，然後夫妻二人共同收拾飯桌；她並沒有拒絕他，雖然她知道她應該讓丈夫到外面去陪客人的，但，在這個時候，她卻希望他不要離開自己的身邊。

她害怕！她告訴自己：反覆無常，是『野狼』的特性，她承認自己是最了解他的。他在打什麼鬼主意呢？剛才，他為什麼要用這種可怕的眼色打量著小燕呢？而且，他還笑……。

她打了一個寒噤，差點摔掉手上的盤子。

「我知道他笑什麼！」她含糊地呻吟道。

「妳說什麼？」在用乾布替她揩拭盤子的丈夫問。

「我什麼都沒說！」

「我聽見的。」

「…………」

「妳還在不舒服吧？」

「你不要管我，」她推開他的手：「我沒什麼。」

在客廳裏，洪俊的思想愈來愈明晰了，從這個家庭中，他接觸到許多他從未接觸過的東西，了解許多曾經被自己誤解的事物，而讓他最感驚訝的，卻是他認識了自己。

「劉伯伯你不要吸煙嗎？」小燕走近他，手上仍抱著她心愛的大洋娃娃和小舞鞋：「爸爸吃過飯都要吸的。」

他慈愛地摸摸她的臉，然後點上一支煙。他很想找些什麼話和她談談，但始終無從啟口。

「啊！」她突然叫起來了：「劉伯伯，你還沒有看見過小燕跳舞呢？」

「嗯，是的。」

「那麼我……。」

「呃，不急，妳剛吃過飯——小燕！」

小燕已經跑到臥房裏去了，她從紙門內探出頭來說：

「我現在就跳給劉伯伯看，劉伯伯只要坐一會兒，小燕在裏面穿鞋子。」

「好吧。」他笑著說。

她拉上紙門，然後靠著床邊，開始忙亂地穿上舞鞋，然後反轉身，將腳擱在床上，認真地縛著帶子……。

「小燕要跳一節最好的給劉伯伯看看，」她喋喋地說：「小燕還得過獎呢！呵——穿好一隻了！等一下小燕拿那張獎狀給劉伯伯看，爸爸說是要用鏡框把它裝起來的——劉伯伯！」

她聽到洪俊在客廳答應了，她才繼續縛另一隻鞋子的帶，一邊繼續著自己的話。最後，舞鞋穿好了，她試著活動了一下腳趾和足踝，踮著足尖站在紙門的前面，然後宣佈道：

「好啦，劉伯伯紙門要開啦！」

她拉開紙門，用一種輕逸的動作跳出來，但，她馬上便停住了，她怔著。洪俊並沒有在客廳裏；於是她連忙跑入廚房。

「劉伯伯呢？」她向正要走出來的父母親發問。

他們追出大門，大門開著，顯然他已經不辭而別了。

「劉伯伯走掉了！」小燕失望地喊道。

玉蘭望望黑暗的街巷，驟然軟弱地緊抱女兒，開始哭泣起來。

「他走掉了，」她瘖啞地重複道：「他走掉了！」

王先生溫和地勸慰道：

「他也許出去有什麼事？他會回來的！」

「不會，不會，他不會再回來了！」

「那麼，他就這樣走掉啦？連一句也沒說……。」

「媽，是不是劉伯伯真的不回來了？」

「真的，當然真的，」一絲幸福的笑意從母親那顫抖的唇邊流瀉出來，她流著淚，注視著女兒的臉，呢喃道：「他絕對不會再回來的，他就是這樣一個人！啊……！」她重又將女兒緊緊地擁抱住。

王先生不解地搔搔腦袋，他所遺憾的是他並沒有把養雞的計劃說完，而且，即使要走，也要吃完蛋糕——他不是帶了一隻小生日蛋糕回來嗎……！

「真是一個怪人！」他喃喃道。

「不是怪人，」她更正丈夫的話：「是好人，是一個非常難得的好人！」

十六

『野狼』沉肅地站在黑暗的頹牆下，偵伺著對街的巷子，他的眼睛在灼灼發光。

當他瞥見他們回到屋子裏去，這才深長地吁了一口氣，突然，他有寒冷的感覺，但他知道這並不是夜寒。在那兒再停留一會，便轉身走入頹牆裏去；借著街角的路燈，他在牆角將小燕藏在磚洞裏的那隻小紙盒子取出來。

那隻傷了翅膀的小麻雀啾啾地叫著。他像是極有耐心似的用手指逗著牠，回味著早上他和小燕在這兒見面時談的話……。

他的目光漸漸模糊起來了，他連忙仰起頭。夜空是那麼藍，星兒在閃爍——他記得那次在野地上露宿時的印象：他和另外幾個野孩子，仰臥在草堆內，嘴上嚼著偷挖出來的生蕃薯……。

一輛機器腳踏車由遠而近，終於在附近停住了。他驚慌地扭轉頭，傾聽著半晌，車子又開走了，他竊笑自己多疑。

「走吧，」他催促自己，當他要把那隻上面開有小氣孔的紙盒蓋蓋起來的時候，他忽然用手指輕輕地愛撫著小麻雀的翅膀，虔誠地說：

「別怕，你的翅膀馬上就要好起來的，等到你能夠飛了，小燕便會讓你自由的！不過，」他低聲叮囑道：「你要時常回來看看她啊！」

小麻雀真的不叫了，他把蓋子蓋好，放回牆洞去，然後困乏地扶著磚牆站起來。

他下意識地用左手輕撫著有點酸麻的、舉動有點不方便的右臂，又低下頭看看牆角的小洞。

「我和牠是一樣的！」他笑笑，走出頹牆。

這一帶是多麼幽暗那麼沉靜，他聽著自己的腳步聲，向前面走過去——要到那裏？他不知道！現在他還沒有功夫去想這個問題，他只知道要走，背著這個地方，走得愈遠愈好……。

剛轉過街角，他的右臂突然被人緊緊地捉住。一陣劇痛，他隨即鬆弛下來。

「這就是命運！」他心裏想。因此他連眼睛也懶得再睜開，只是馴服地停下腳步，自動地雙手平舉起來。他等待著，那副冰冷的手銬會套著它們，他還記得那種清脆的聲音……。

「快點套起來吧！」他苦笑道。

沒有動靜，連抓著他的手臂也鬆開了。

「還客氣些什麼嗎！」他開始不耐煩。但，他聽到的，是一個女人的聲音。

「洪俊，你幹什麼？」

他睜開眼睛，看見銀鳳滿臉狐疑地盯著自己。

「你，你怎樣啦？」她惶惑不安地又問。『野狼』突然大聲笑起來了。

「妳怎麼也來了？」他快活地說。

「是我送那個小女孩回來的，」銀鳳誠實地回答：「我一直沒有走開，我要等你出來！」說著，她軟弱而痛楚地啜泣起來。他望著她，覺得奇怪。

「銀鳳，妳哭什麼？」他搖撼著她：「我做了對不起你的事！」

「沒有呀，什麼事？」

她以為他故意在裝佯，而且他這種溫和的語調使她心驚肉跳，但，她並不打算逃避這個厄運，她率直地喊道：

「要打，要殺，隨你吧！我絕對不怨你，是我對不起你！」

「你說些什麼呀！」

「好吧，你一定要說——小燕是我把她放掉的！」

這時他才把整個事情想起來。

「我還以為是什麼事呢，」他認真地說：「銀鳳，妳這件事情做得好極了，真是好極了，真是對極了！」

她渾身劇烈地顫抖起來。

「妳怎麼啦？」

她本能地退縮兩步。

「我是要感謝妳呀，」他繼續說：「妳不知道，要是這樣，我也許會做出可怕的事情來！絕對的，絕對弄得一團糟，不堪設想！」

「你……！」

「我覺得，我這一生當中，從來沒有做過一件對的事情！但是，這一次我做對了！」

「……」她怯怯地問：「你是說，你已經……？」

「我已經出來啦！」他截住她的話：「妳沒有看見嗎！我是一個人出來的——啊，出來之前，我不知道是什麼把我搞昏的！」他興奮地湊近她，神秘地問：「妳知道我是小燕什麼人？」

「……」她無從回答。

「舅舅！」他又笑了：「玉蘭的丈夫也相信了，他們還留了我吃晚飯，然後，我偷偷溜了出來！」

「溜出來？」

「媽的，」他粗野地摸摸下巴，咕嚕道：「我不習慣那一套規局，老子要來就來，要走就走！」

「啊！」銀鳳帶著那一份突如其來的激動，發狂地緊抱著『野狼』，溫柔地吻著他的髮，輕撫著他的背。

「好啦，」他說：「這樣親熱，別人還以為我們要幹什麼！」

她笑了，抬頭望望他的臉。「我們回去吧，」她提醒他：「他們大夥兒還在等你呢，你不是說過要做東的嗎！」

「哦，是的。」他應著，但他又躊躕地望望她。

「你在想些什麼嗎？」她捉住他的手，溫婉地問。

「妳說，我配不配做個好人呢？」他沉肅地等她的回答，她反而不敢答話了。

「妳坦白地說吧，」他催促道：「我不會傷心的！」

「你本來就是一個好人呀！」她虔誠地說。

「不，我知道我不是！」他淒然地笑了。「不過，我會這樣做的！」

「……」

「妳還愛我嗎？」

她震顫了一下，隨即又投到他的懷裏。她激動地用一種狂亂的聲音向他保證著：她永遠是他的，甚至她的生命。

「妳能為我去辦一件事情嗎？」他平靜地問。

「當然，只要，我有這個能力，」她說：「你要我現在就去嗎？」

「唔，現在。」

「可是他們……！」

「他們可以等，他們會等的，」他說：「事情辦完了，我們再一起回去，因為在這一件事沒有解決之前，我的心不安——我要安安心心，清清白白地回去！」

「究竟是什麼事情呀？」

「不要問，」說著，他將所有的錢馬上掏出來，放到她的手上，最後，他從內衣袋裏將那封信——那封在拍賣行裏幸而沒被他撕掉的信——掏出來，叮囑道：「這裏有一萬八千塊錢，並不是我的，而且我私下用了兩千塊錢，妳可以替我補足它——我知道妳有這能力，而且，妳也樂於這樣做的……。」

「當然！不過……。」

「事辦完了，我會告訴妳的，」他笑著制止：「這封信上，有人名地址，妳馬上親自替我將這兩萬塊錢送去！」

「那麼你呢？」

「我在這兒等妳回來。」

「你不會走開吧？你答應我，你不會走開！」她急急地懇求。

他吻了她那噙著眼淚的眼睛。

「妳知道我一定會等妳的——我絕對不走開！」

「你為什麼一定要在這兒等呢？」她深情地說：「反正我也要回去取錢的，你可以在家裏……。」

他用嘴唇去阻止她的話。但很快地他又離開她。

「去吧，不要問，」他的聲音溫柔而甜蜜：「我說過了，我要辦完這件事，然後安安心心的，清清白白的和妳一起回去。」

她無可奈何地走了；為了使她放心，他又吻了她，同時覆述一遍：他愛她，他要在這兒等她回來！

十七

在嘈亂的火車站內，『野狼』宛如一位紳士，他莊重地排在購票的隊伍裏；當前面那位婦人抱著的那個嬰孩無知地向他伸出手，發出那種單調的笑聲時，他微笑著，用手指去碰他的臉。

這是他有生以來第一次那麼慎重地辦這種他以前不屑於辦的事：購買一張車票。隊伍很快地前進，因為南下的快車馬上便要進站了。他不知道什麼時候自己已經站在票窗的前面。

「先生，」售票員再低下頭向外窺望著：「你是要買票嗎？」

他後面的那個鄉下人小心地拍拍他的肩。

他回過頭。「你不要買票……！」那個人比比手勢。

「哦！」他從另一個思想中醒覺過來，胡亂地將一疊鈔票塞進那隻小洞裏。

「到那兒，」售票員困惑地又問：「先生要買到那兒的？」

「呃……！」他摸摸下巴，突然想不起自己要去的地方，排在後面的那些心急的旅客嚷起來了，他歉仄地回頭望望。

「你要去那兒？」鄉下人問，他覺得他的口音非常熟悉，他想起來了。

「啊，臺南！」他興奮地對著票窗喊道：「臺南！我早就該想起來的！」

售票員將一張車票和多下來的錢推出來給他。他拿起車票，仔細地端詳著，嘴角露出一種倨傲而滿足的笑意，他呆呆地移著沉滯的步子離開票窗。

那位好心的鄉下人告訴他，列車已經進站了，他才想起來，於是，連忙跟在他的後面奔進月台去。

他正好趕上，列車已經緩緩地動了，他抓緊車門的扶手，回轉身，發現那幾個排在後面的旅客在跟著列車追趕。他忽然把眼睛閉起來。

「我真幸運呢！」他有一個幸福的預感。「『黑鼠』的姐夫，一定會給我一份工作的——一定會的！」

列車逐漸增加它的速率，遠去……。

（民國西十六年四月廿日完稿於臺北）

潘壘全集11　PG1177

新銳文創
INDEPENDENT & UNIQUE

狼與天使

作　　者	潘　壘
責任編輯	陳思佑
圖文排版	周妤靜
封面設計	陳佩蓉

出版策劃	新銳文創
發 行 人	宋政坤
法律顧問	毛國樑　律師
製作發行	秀威資訊科技股份有限公司 114 台北市內湖區瑞光路76巷65號1樓 電話：+886-2-2796-3638　傳真：+886-2-2796-1377 服務信箱：service@showwe.com.tw http://www.showwe.com.tw
郵政劃撥	19563868　戶名：秀威資訊科技股份有限公司
展售門市	國家書店【松江門市】 104 台北市中山區松江路209號1樓 電話：+886-2-2518-0207　傳真：+886-2-2518-0778
網路訂購	秀威網路書店：http://www.bodbooks.com.tw 國家網路書店：http://www.govbooks.com.tw

出版日期	2015年1月　BOD一版
定　　價	230元

國家圖書館出版品預行編目

狼與天使 / 潘壘著. -- 一版. -- 臺北市 : 新鋭文創,
2015.01
面 ;　公分. -- (潘壘全集 ; PG1177)
BOD版
ISBN 978-986-5716-28-8 (平裝)

857.7　　103017042

讀者回函卡

感謝您購買本書，為提升服務品質，請填妥以下資料，將讀者回函卡直接寄回或傳真本公司，收到您的寶貴意見後，我們會收藏記錄及檢討，謝謝！

如您需要了解本公司最新出版書目、購書優惠或企劃活動，歡迎您上網查詢或下載相關資料：http:// www.showwe.com.tw

您購買的書名：______________________________

出生日期：________年________月________日

學歷：□高中（含）以下　□大專　□研究所（含）以上

職業：□製造業　□金融業　□資訊業　□軍警　□傳播業　□自由業

□服務業　□公務員　□教職　□學生　□家管　□其它_____

購書地點：□網路書店　□實體書店　□書展　□郵購　□贈閱　□其他

您從何得知本書的消息？

□網路書店　□實體書店　□網路搜尋　□電子報　□書訊　□雜誌

□傳播媒體　□親友推薦　□網站推薦　□部落格　□其他__________

您對本書的評價：（請填代號　1.非常滿意　2.滿意　3.尚可　4.再改進）

封面設計____　版面編排____　內容____　文／譯筆____　價格____

讀完書後您覺得：

□很有收穫　□有收穫　□收穫不多　□沒收穫

對我們的建議：______________________________

____

____

____

請貼
郵票

11466
台北市內湖區瑞光路 76 巷 65 號 1 樓
秀威資訊科技股份有限公司 收
BOD 數位出版事業部

（請沿線對折寄回，謝謝！）

姓　名：________________ 年齡：________ 性別：□女　□男

郵遞區號：□□□□□

地　址：____

聯絡電話：（日）________________ （夜）________________

E-mail：____